KB195288

변변찮은 마술강사와 금기교전

Akashic records
of bastard magic instructor

24

Akashic records of bastard magic
instructor

CONTENTS

서   장 │ 당신이 없는 세계에서
                013
제 1 장 │ 남겨진 자들의 후일담
                027
제 2 장 │ 옛 신
                065
제 3 장 │ 어떤 소년과 「정의의 마법사」
                079
제 4 장 │ 붕괴한 세계에서
                115
제 5 장 │ 따스한 일상이 끝나는 날
                147
단   장 │ 0→11
                195
최 종 장 │ 21→0→???
                203
에필로그 │ 내일은……
                259

Akashic records
of bastard magic instructor

변변찮은 마술강사와 금기교전

24

히츠지 타로 지음

미시마 쿠로네 일러스트

최승원 옮김

교전은 만물의 예지를 관장하고, 창조하며, 장악한다.
그러하기에 그것은
인류를 파멸로 인도하게 되리라──.

「멜갈리우스의 천공성」 저자: 롤랑 엘트리아

Akashic records
of
bastard
magic
instructor

Character

Main

시스티나 피벨

고지식한 우등생. 위대한 마술사
였던 조부의 꿈을 자기 힘으로 이뤄
내기 위해 흔들림 없는 정열을 바치
는 소녀.

글렌 레이더스

마술을 싫어하는 마술강사. 만사에
무책임하고 의욕 제로로, 마술사로
서도 삼류라서 장점은 전혀 없는 셈.
그런 그의 진정한 모습은—?

루미아 틴젤

청초하고 마음씨 고운 소녀. 누구에
게도 밝힐 수 없는 비밀을 가지고 있
으며 친구인 시스티나와 함께 열심
히 마술 공부에 매진하고 있다.

리엘 레이포드

글렌의 전 동료. 연금술로
고속 연성한 대검을 다룬다.
근접 전투에서 비교할 자가
없는 이색적인 마도사.

알베르트 프레이저

글렌의 전 동료. 제국 궁정
마도사단 특무분실 소속.
신기에 가까운 마술 저격이
특기인 굉장한 실력의 마도사.

엘레노아 샤레트

알리시아의 직속 시녀장 겸
비서관. 하지만 그 정체는
하늘의 지혜 연구회가 제국
정부로 보낸 밀정.

세리카 아르포네아

제국 마술 학원 교수. 글렌의
스승인 동시에 길러준 부모
이기도 한 수수께끼가 많은
여성.

Academy

웬디 나블레스

글렌이 담당하는 반의 여학생. 지방
유력 명문 귀족 출신. 자부심이 강하고
권위적인 성격의 세상 물정 모르는
아가씨.

린 티티스

글렌이 담당하는 반의 여학생. 약간
내성적이고 체격도 작아서 귀여운 동물
처럼 보이는 소녀. 자신감이 없어서 고
민이 많다.

기블 위즈덤

글렌이 담당하는 반의 남학생. 시스
티나 다음가는 우등생이지만 결코
주변과 어울리려 하지 않는 냉소주
의자.

카슈 윙거

글렌이 담당하는 반의 남학생. 덩치
가 크고 튼실한 체격. 성격이 밝고 글
렌에게 호의적이다.

세실 클레이튼

글렌이 담당하는 반의 남학생. 조용
한 독서가. 집중력이 높아서 마술 저
격에 재능이 있다.

할리 아스트레이

제국 마술 학원의 베테랑 강사. 마술
명문 아스트레이 가문 출신. 전통적인
마술사와는 거리가 먼 글렌에게 공격
적이다.

Character

마술

Magic

—

룬어라고 불리는 마술 언어로 구성한 마술식으로 수많은 초자연 현상을 일으키는
이 세계의 마술사에게 지극히 「당연한」 기술.
영창하는 주문의 구절과 마디 수,
템포, 술자의 정신상태에 따라 자유자재로 형태를 바꾸는 것이 특징.

교전

Bible

—

천공의 성을 주제로 삼은 지극히 아동 취향인 옛날이야기로 세계에 널리 퍼져 있다.
그러나 그 소실된 원본(교전)에는
이 세계에 관한 중대한 진실이 적혀 있다고 전해지며, 그 수수께끼를 좇는 자에게는
어째선지 불행이 닥친다고 한다.

알자노 제국
마술학원

Arzano Imperial Magic Academy

—

약 4백 년 전, 당시의 여왕 알리시아 3세의 주도로 거액의 국비를 투입해서
설립한 국영 마술사 육성 전문학교.
오늘날 대륙에서 알자노 제국이 마도대국으로 명성을
떨치는 기반을 만든 학교이자, 늘 시대의 최첨단 마술을 배우는
최고봉의 교육 기관으로서 주변 국가에 널리 알려져 있다.
현재 제국의 고명한 마술사 대부분이 이 학원의 졸업생이다.

Keyword

서장 당신이 없는 세계에서

—시간은 흐른다.
계절은 되풀이된다—.

땡, 땡, 땡, 땡…….

교실 안에 오늘 마지막 수업 종료를 알리는 종소리가 울려 퍼졌다.

"……어머, 벌써 이런 시간이네. 그럼 오늘 수업은 여기까지. 다들 수고했어."

나는 강의를 마치고 교탁 위에 있는 교과서와 자료를 정리했다.

수업이 끝나며 교실 안에 팽배했던 수업 시간 특유의 긴장감이 풀리자 학생들은 해방감에 젖어 약간 소란스러워지기 시작했다.

그리고 저마다 서로 마주보며 오늘 내 수업의 감상을 늘어놓았다.

"으음~! 시스티나 선생님의 수업은 오늘도 진짜 대단했어!"

"맞아! 이렇게 기초적인 내용을 듣고 있기만 해도 마술의 오의에 점점 다가가고 있다는 느낌이 들어! 역시 다른 선생님들하고는 격이 다르다구!"

"바보! 그야 당연하잖아! 시스티나 선생님은 그 전설의 세리카 아르포네아와 더불어 역사상 단 둘뿐인 제7계제^{셉텐데} 마술사인걸!"

"그렇고말고! 거기다 선생님은 그 마왕대전에서 천공성에 올라 세계를 구한 영웅 글렌 레이더스 파티의 일원…… 살아있는 전설이니까!"

"으흠!"

솔직히 본인이 앞에 있는데 추켜세우는 게 민망해서 일부러 큰 소리로 헛기침을 했다.

"그런 건 아무래도 좋으니 오늘 내가 수업한 내용은 돌아가서 제대로 복습하렴. 알겠니? 내가 젊었을 땐……."

하지만 그 순간, 갑자기 세계가 흔들리며 의식이 멀어져가는 감각과 동시에 갑자기 온몸에서 힘이 빠져나갔다.

"……콜록! 콜록! 쿨럭!"

그리고 목구멍 안쪽에서 뭔가가 치밀어 오르는 듯한 느낌에 반사적으로 기침을 하며 무릎을 꿇고 말았다.

"서, 선생님?!"

"시스티나 선생님!"

"괘, 괜찮으세요?"

바로 걱정스러운 얼굴의 학생들이 내 주위로 몰려들었다.

"누, 누가 법의 선생님 좀 모셔 와! 시스티나 선생님이……!"

"괘, 괜찮아. ……걱정하지 말렴."

난 그렇게 말하며 겨우 몸을 일으켰지만, 솔직히 조금도 괜찮지 않았다.

입가를 손으로 가려 숨기고 있지만, 조금 피가 나왔다.

뭐, 슬슬 이 육체에도 한계가 온 것이리라.

"요즘 들어 자주 이래. ……이래저래 나도 나이를 먹었으니 말이야."

하지만 그 말을 들은 학생들은 눈에 보이게 당황했다.

"그, 그럴 수가……."

"전 걱정이에요. 요즘 선생님이 전보다 몸 상태가 많이 나빠지신 것 같아서……."

"선생님, 정말 괜찮으신 거죠? ……저희 앞에서 갑자기 사라지거나 하시진 않는 거죠?"

"저흰 아직 선생님께 배워야 할 게 잔뜩 있다구요."

"아직 선생님이랑 더 함께 있고 싶어요."

학생들이 걱정스러운 반응을 보이는 한편, 나는 슬며시 몸을 일으켰다.

그리고 여럿의 불안한 시선을 받으며 교실 밖으로 걸음을 옮기기 시작했다.

"……난 괜찮으니 걱정하지 말렴. 조금 피곤한 것뿐이니까."

학생들을 안심시키려고 그렇게 말했지만, 솔직히 이것도 거짓말이었다. 왠지 요즘 들어 이런 예감이 들기 시작했다.

아마 내 수명은 이제 얼마 남지 않았으리라.

지금까지는 마술로 얼버무려왔지만, 슬슬 한계가 온 것이다.

생명의 한계. 자연의 섭리.

마술사의 오만으로 그것에 계속 저항해 왔지만, 결국 나도 따라야 할 때가 온 것이다.

"그보다 명심하렴. 오늘도 복습과 예습을 잊지 않을 것."

하지만 난 그런 생각이 드는 걸 억누르며 학생들에게 평소처럼 충고했다.

"너희들은, 모두 각자의 길을 향해 잘 나아가고 있으니 이제 와서 곁눈질 같은 건 할 필요가 없단다. 그 길의 좋고 나쁨을 신경 쓸 필요도 없고, 타인과 비교할 필요도 없이 자신만의 길을 놓치지만 않으면 돼. 그 대신…… 아주 조금이라도, 단 한 걸음이라도 좋으니 오늘은 어제보다 전진해 있으렴. 이 세상은 너희들이 생각하는 것만큼 어렵지 않단다. 그저 제자리에 멈춰 있지만 않으면 돼. 알겠지……? 내 귀여운 학생들."

""""……"""""

뭔가 하고 싶은 말이 많은 듯한 학생들을 남겨두고 나는 알자노 제국 마술학원 2학년 2반 교실을 뒤로 했다.

────.

오늘 수업을 전부 마치고 학교에서 나온 난 홀로 페지테의 거리를 걸었다.

오랫만에 주위를 자세히 둘러보니 새로운 사람, 새로운 건물, 새로운 정경이 눈에 들어왔다.

그 시절과 비교하면 완전히 달라진 모습에 왠지 감회가 새로웠다.

문득 저녁놀이 드리운 하늘을 올려다보자, 붉은색과 황금색으로 물든 거기에 페지테의 상징이었던 천공성의 모습은 어디에도 없었다.

세상 물정 모르고 어리숙했던 소녀가 목표로 삼아온 꿈의 상징이 사라져버린 당시에는 솔직히 조금 낙담했었지만, 그래도 문제될 건 전혀 없었다.

하나의 꿈에만 고집할 필요는 없었으니까. 꿈의 형태가 바뀌어도 상관없었으니까.

그저 뭔가 목표를 가지고 전진하기만 해도 충분했으니까.

이건 전부 **그 사람**에게서 배운 가르침이었다.

"그건 그렇고, 그 싸움이 끝난 지 벌써 4백 년인가……."

내 소녀 시절, **그 사람**과 함께 했던 1년간은 마치 어제 일처럼 기억이 생생했다.

많은 일들이 있었다.

적대 조직과의 싸움. 마술 경기제. 수학여행. 유적 탐사. 무도회. 유학. 불꽃의 배에서의 사투. 스노리아 여행. 마술제전. 고대문명으로의 시간 여행. 그리고…… 세계의 운명을 건 싸움. 그 밖에도 평범한 일상과 떠들썩한 소동들.

그 사람과, 둘도 없는 벗들과 뜨겁게 질주했던 내 청춘의 나날.

하지만 지금은 너무나도 멀고 그리운…….

"……이젠 아무도 없지만 말이지."

세계의 운명을 건 싸움이 끝나고 어느새 4백 년.

그건 일반적인 인간의 인생 기준으로는 너무나도 긴 시간이었다.

난 세월의 흐름에 따라 한 명, 또 한 명씩 지인과 벗들을 떠나보낼 수밖에 없었다.

2학년 2반 학생들의 장례식에는 빠짐없이 참석했다.

카슈도. 웬디도. 테레사도. 린도. 세실도. 더는 이 세상에 없다.

이브 씨도. 알베르트 씨도.

용의 화신인 르 실바조차 2백 년 전쯤에 천수를 다했다.

그러니 세상이 아무리 넓다고 한들 4백 년 전의 결전을 직접 경험한 사람은 이제 나밖에 없으리라.

"루미아를 먼저 보냈을 때는 솔직히 도저히 못 견디겠더라……. 그렇게 울었던 건 아마 **그 사람**이 없어진 뒤로 처음이었을 거야. 리엘은…… 우리랑 다르게 나이를 먹어도 외모가 조금도 변하지 않아서 계속 함께 있을 거라 생각했는데…… 어느 날 갑자기 시간이 다 된 것처럼 덜컥 죽어버렸던가. 그런데 그 모습이 무슨 햇볕 잘 드는 양지에 웅크리고 낮잠 자는 다람쥐 같아서…… 이런 말하긴 좀 그래도 참 리엘답구나 싶어 나도 모르게 웃음이 나와 버렸었지. 이브 씨는…… 아하하, 임종하는 날 밤 **그 사람**한테 엄청 화냈었지. 지옥에 따지러 갈 거라고, 불태워줄 거라고. 남루스는…… 마지막 싸움 후 그 사람을 찾으러 가겠다며 이 세계를 떠나버렸지. 그걸로 끝. **그 사람**이랑 무사히 다시 만났을까? 뭐, 거대한 사막에서 특정 모래 알갱이 하나를 찾는 거나 다름없는 일이라고 했는데…… 어느 쪽이든 이제 두 번 다시 만날 일은 없겠지……."

그래도 이 4백 년간은.

그 전까지의 불온한 국제정세나 높은 마술 범죄율이 전부 거짓말이었던 것처럼 평화로워서 굳이 말하자면 모두 분명 행복한 인생을 보냈으리라.

다만, 그런 행복한 일상 속에 **그 사람**만 없었다.

"**그 사람**은…… 아직도 싸우고 있는 걸까?"

나는 타오를 듯한 아름다운 하늘을 올려다보며 혼잣말을
흘렸다.

분명 싸우고 있으리라.

지금, 여기가 아닌 어딘가 먼 세계의 아득한 시간을 사이
에 둔 시대에서.

이 세계가 이토록 평화로운 게 그 증거였다.

이 세계의 이면에 감춰져 있던 궁극의 악 《무구한 어둠》이
라는 존재를 알아버린 이상, 지금도 그자를 상대로 싸우고
있을 **그 사람**에게는 그저 감사할 수밖에 없었다.

하지만…….

"그 변변찮은 인간…… 쿨럭! 콜록! 으…… 대체 언제 돌
아올 건데요? 이제 전 이런 할머니가 되어버렸는데……."

난 요즘 들어 갑자기 말을 듣지 않게 된 몸을 채찍질하며
피벨 저택으로 돌아왔다.

————.

밤이 찾아왔다.

정적이 페지테를 감싸는 심야.

평소처럼 마술 연구와 내일 수업 준비를 마친 난 목욕을

한 후 잘 준비를 시작했다.

그리고 침실에 있는 거울에 비친 내 얼굴을 들여다보았다.

"……많이 늙었구나."

나는 쓴웃음을 흘리며 거울 뚜껑을 덮었다.

결국 그 사람에게 내 마음을 고백하지도 못한 채 이렇게 나이만 먹고 말았다.

차라리 그 사람을 잊어버리고 새로운 행복을 찾는 게 나았으리라.

실제로 그런 결심을 한 적도 몇 번이나 있었다.

하지만, 무리였다.

내 마음속 가장 소중한 곳에는 늘 그 사람이 있었기 때문이다.

도저히 잊을 수가 없었다.

하다못해 그 사람에 내 마음을 고백하고 거절당했다면 새로운 사랑을 찾는 게 가능했을지도 모르지만, 이 상태로는 무리였다.

이 마음을 매듭짓지 못한 상태로는 다음 단계로 넘어갈 수가 없었다.

잘난 듯이 남들을 가르치는 입장이 됐으면서도 이 얼마나 한심한 꼴인가.

내 마음은 그때에 비해 조금도 성장하지 못한, 아직도 순진무구한 소녀였다.

"……나이를 먹어도 너무 먹었어. 그러니 이제 와서 이 어린 시절의 사랑을 성취하겠다는 건 바라지도 않지만…… 그래도 말이죠, 선생님. ……전 선생님을 만나고 싶어요."

나는 창가에 서서 혼잣말을 흘렸다.

"제겐 이제 남은 시간이 없어요. 그러니 죽기 전에…… 적어도 마지막으로 한 번만 선생님의 얼굴을 보고 싶어요. 적어도 마지막으로 한 번만 선생님과 대화를 나눠보고 싶어요. ……안 될까요? 그렇지 않아도 저희는 선생님 덕분에 이토록 평화로운 시간을 보냈는데…… 그러니 이런 소원을 비는 것조차 저에겐 사치일까요? 예? 선생님……."

그리고 아득히 먼 밤하늘을 올려다본 순간.

두근…….

"……쿨럭! 콜록콜록콜록!"

별안간 세상이 흔들리는 감각과 함께 성대하게 피를 토했다.

서 있을 수가 없다. 어지러워. 크게 뛰는 심장. 과호흡. 정신이 아득해지는 감각.

최근 이런 발작 증상에도 어느 정도 익숙해졌지만, 이번 건 차원이 달랐다.

사신의 기척이 바로 근처에서 느껴졌다.

'아, 이거, 위험할지도⋯⋯.'

나는 계속 피를 토하면서도 냉정하게 지금 내가 처한 상태를 파악했다.

아무래도 예상보다 남아있는 시간이 적었던 모양이다.

아무튼 내 몸은 대체 어떻게 살아있는 건지 의문이 들 정도로 엉망이었으니 어찌 보면 당연했다.

그저 **그 사람**을 한 번만이라도 만나고 싶어서, 오직 그것만을 위해 생명의 섭리를 위반하면서까지 억지로 목숨줄을 붙들고 있는 상태였으니까.

"⋯⋯콜록."

나는 실이 끊어진 인형처럼 무릎을 꿇고 그대로 힘없이 바닥에 쓰러졌다.

"싫어⋯⋯ 아직 죽고 싶지 않아⋯⋯. 선생님⋯⋯ 저, 죽고 싶지 않아요⋯⋯."

어떻게든 살아보려고 마력을 일으켜 술식을 짜봤지만, 무리였다.

모래시계의 모래를 아무리 퍼 담아봤자 이 몸에서 생명이 새어 나가는 속도가 훨씬 빨랐다.

아마 내 몸은 아침 해가 뜰 때까지 버티지 못하리라.

이미 모래시계의 모래가 바닥을 보이는 단계까지 와 있었다.

"한 번이라도 좋으니…… 한마디라도 좋으니…… 선생
님…… 선생, 님……."

겨우 고개를 들고 눈물로 흐려진 눈으로 창밖에 펼쳐진
차가운 밤하늘을 올려다본다.

저 별하늘 어딘가에 있을지 모르는 사랑하는 **그 사람**을
그리며.

하지만 하늘은 아무것도 대답해주지 않았다.

그 사람은 돌아와 주지 않았다. 아무 말도 해주지 않았다.

"제발요…… 선생님…… 선생……님……."

죽음이, 상냥한 손길로 날 쓰다듬자.

온몸에서 힘이 빠지며 머리가 바닥을 두드린다.

점점 몽롱해지며 멀어져가는 의식. 어두워지는 시야.

"……선생님."

결국 그 작디작은 소망은 이루어지지 않았고.
날 포함한 내 세상 전부가.
무자비한 어둠 속에 잠겨 들었다.

————.

————.

————.

————.

—그런 최악의 **꿈**을 꾸었다.

제1장 남겨진 자들의 후일담

"~~~~~~~~~~?!"

소리 없는 비명을 지른 네글리제 차림의 시스티나가 이불을 젖히며 튕기듯 일어났다.

터질 것처럼 뛰는 심장. 온몸을 흠뻑 적신 불쾌한 식은땀.

숨결이 마치 불꽃처럼 뜨거웠고, 산소를 갈구하는 폐 때문에 연신 숨을 헐떡였다.

주위를 둘러보니 여긴 평소와 다름없는 자신의 방이었다.

익숙한 침대와 화장대와 촛대와 옷장.

창문 앞의 커튼 사이에서는 눈부신 아침 햇살이 새어 들어오고 있었다.

"거짓말…… 꾸, 꿈? 그게 전부 꿈이었다고?!"

침대 위에서 뛰어내린 시스티나는 황급히 좌우 개폐식 거울의 뚜껑을 열었다.

거기에 비치는 건 오랜 세월을 거쳐 늙어버린 할머니의 얼굴이 아니라 아직 십 대 중반의 소녀인 자신의 파릇파릇한 얼굴이었다.

머리카락에는 윤기가 흘러넘쳤고, 탱탱한 피부에는 당연히 주름 하나 없었다.

　시야도 노안이 오기는커녕 모든 게 선명했다.

　"……."

　시스티나는 이 현실을 곱씹듯 숨을 삼킨 채 한동안 거울에 비친 자신의 얼굴을 응시했다.

　"뭐야……. 꿈, 이었구나……."

　이윽고 납득한 듯 그 자리에 힘없이 주저앉았다.

　"젊은 여자에겐 해도 너무한 꿈이잖아……. 꿔도 왜 하필 이런 꿈을……."

　그리고 안도의 한숨을 내쉬었다.

　그렇다. 기분은 아침부터 최악이었지만, 어차피 꿈에 불과했다. 현실이 아니다.

　그러면 빨리 잊어버리면 된다. 잊고서 다시 바쁜 현실로 돌아오면 된다.

　고작 그뿐인 일이지만.

　'그런데…… 뭐지? 방금 그건 어째 단순한 꿈치고는…….'

　불현듯 가슴속에서 피어오르는 불안한 예감에 몸을 떨고 있자, 방 문 너머 복도에서 누군가가 달려오는 소리가 들렸다.

　"시스티?!"

약간 거칠게 문이 열리며 초조한 표정의 금발 소녀 루미아가 들어왔다.

마찬가지로 네글리제 차림의 그녀는 거울 앞에서 주저앉아 있는 자신을 보고 황급히 달려왔다.

그리고 눈앞에 쪼그려 앉더니 두 어깨에 손을 올리고 걱정스럽게 얼굴을 들여다보았다.

"시스티, 괜찮아? 뭔가 엄청 큰 비명이랑 부딪히는 소리가 들렸는데 무슨 일 있었어?"

"그, 그게…… 아하하. 아무것도 아냐. 아무것도. 정말 아무것도……."

시스티나는 기운 없이 대답하며 천천히 일어났다.

그리고 불안한 눈으로 올려다보는 루미아를 안심시키기 위해 억지로 웃으며 허세를 부렸다.

"그런 것보다 얼른 학교 갈 준비나 하자! 모처럼 세상이 평화로워졌는걸! 무사히 살아남은 우리에겐 할 일이 산더미처럼 많으니까! 그치? 응?"

시스티나는 네글리제를 벗어 던지고 빠르게 교복으로 갈아입기 시작했다.

"시스티……."

하지만 루미아는 뭔가 하고 싶은 말이 있는 표정으로 그런 그녀를 가만히 지켜볼 수밖에 없었다.

————.

"그건 그렇고 뭐랄까…… 역시 인간은 참 강인한 생물인 거 같아."

등교 준비를 마치고 아침 식사를 한 후, 루미아와 리엘과 함께 학교로 가던 도중 시스티나가 감회 어린 목소리로 말했다.

눈에 들어오는 건 페지테의 아침 풍경.

지난 전쟁의 상흔이 아직 고스란히 남아 무너진 건물들이나 초토화된 공터가 보였지만, 벌써 복구 작업이 한창 진행 중이었다.

여기저기서 인부들이 잔해를 철거하거나 민가를 재건하고 있었다.

집을 잃고 길바닥에 나앉은 시민들에게 공공기관이 식사를 제공하는 곳에선 길게 줄이 늘어서 있었다.

아직 트라우마를 완전히 떨쳐내지 못한 시민들의 불안을 가라앉히기 위해 페지테 경라청의 경비관들이나 페지테에 주둔한 제국군도 철통같이 경비를 서며 치안 강화에 여념이 없었다.

이렇듯 현재 이 페지테는, 알자노 제국은 겉으로 보기엔 파리 목숨이나 다름없는 상태이긴 해도 여왕 알리시아 7세의 지휘하에 착실히 부활을 향해 한 걸음씩 나아가고 있는 것이었다.

"······나도 놀랐어. 설마 이렇게 빨리 복구 작업이 시작될 줄은 몰랐거든."

"응. 이 페지테뿐만 아니라 제도 복구도 이미 시작됐다나 봐. 폐하의 수완 덕분도 있겠지만, 그 위너스 상회나 서 마 하드 회사가 이익을 포기하고 적극적으로 물자를 유통해주 는 덕분이겠지."

"위너스 상회의 회장은 제도가 무너질 때 행방불명 됐 다고 들었는데 실은 무사했던 거구나?"

"그렇다나 봐. 지금은 어디 먼 곳에서 지시 사항이 적힌 편지를 각 지부로 계속 보내고 있다고 해."

시스티나는 지나가다 들은 소문을 떠올리며 말했다.

"그리고······ 물론 정부나 유력 상회뿐만 아니라 지금 이 땅에 사는 사람들이, 제국 전토의 사람들이 일치단결해서 이 나라를 다시 일으켜 세우려고 분발하고 있어."

주위로 시선을 돌리자 자원봉사자들이 협력해서 공터가 된 땅 위에 간단한 임시 주택을 조립하는 모습이 보였다.

"······이 나라가 원래 모습으로 돌아올 수 있을까?"

"물론이지. 안 될 리 없잖아."

루미아의 질문에 시스티나는 자신만만하게 대답했다.

"말처럼 쉬운 일이 아니라는 건 나도 알아. 그래도 조급해 할 필요는 없어. 그저 한 걸음씩 착실히 나아가다 보면 언젠가 반드시……."

"……응. 분명 괜찮을 거야. 난 잘 모르겠지만."

리엘도 여느 때와 다름없는 졸린 무표정으로 고개를 연신 끄덕였다.

"그러고 보니 시스티나. 레너드랑 필리아가 무사해서 다행이야. 내 감이지만 분명 괜찮을 것 같았어. ……그래도 조금은 걱정했었지만."

"후훗, 그러게. 고마워, 리엘."

며칠 전 일이지만, 제도 오를란도가 완전히 무너져버린 이후로 줄곧 소식을 알 수 없었던 시스티나의 부모 레너드와 필리아나의 편지가 어느새 와 있었다.

바람 정령을 사역해서 목적지로 보내는 고풍스러운 수법의 마술 편지였다.

편지 내용에 의하면 아무래도 시스티나의 부모는 제도를 탈출할 때 작은 문제가 생겨 터무니없는 장소로 전이된 모양이었다.

그러니 두 사람이 페지테로 돌아오려면 아직 조금 더 시간이 걸릴 것 같았다.

"우리 태평한 부모님들은 지금쯤 대체 어딜 쏘다니고 계시는 건지…… 뭔가 기묘한 동행들도 생긴 모양이던데…… 자세한 건 안 적혀 있었지만."

"오시면 소개해주겠다고 하셨지? 대체 어떤 분들일까?"

"글쎄? 뭐, 아무튼."

시스티나는 깍지를 낀 손을 크게 들어 올리며 기지개를 켰다.

"이게 다 평소 행실이 좋은 덕분이겠지. 응. 분명 전부 원래대로 될 거야. 언제가 될 진 모르겠지만, 분명 우린 예전과 변함없는 일상을 되찾을 거야. 그날까지…… 같이 힘내자. 루미아! 리엘."

그렇게 자신에게 다짐하듯 말한 시스티나는 등굣길을 성큼성큼 걸어갔다.

"……시스티."

"……."

그런 시스티나의 등을 지켜보던 루미아와 리엘은 이윽고 그 뒤를 따라 걸음을 옮겼다.

———.

"다들, 좋은 아침!"

시스티나는 활기차게 2학년 2반 교실 문을 열고 인사했다.

"오! 좋은 아침, 시스티나."

"……그래, 좋은 아침."

"후훗, 오늘도 컨디션이 좋아 보여서 다행이에요."

그러자 카슈와 기블과 웬디를 비롯한 2반 학생들이 잇따라 인사를 보냈다.

물론 평소와 다름없는 교실 풍경인 건 아니었다.

알자노 제국 마술학원에도 지난 전쟁의 여파와 상흔이 여실히 남아 있었고, 이 교실도 자세히 보면 곳곳에 임시로 수리한 흔적이 생생하게 남아 있었다.

하지만 이 자리에 모인 이들의 면면만은 전과 다름없었다.

"그건 그렇고…… 우리가 살아서 이 교실에 다시 모인 건 정말 기적이란 말이지."

"아쉽게도 다른 반이나 학년에는 크게 다쳐서 아직 병상에서 일어나지 못하는 사람도 있는 것 같지만, **아무도 잃지 않고** 그 싸움을 극복한 건 카슈 말마따나 기적이라고밖에 할 말이 없군."

"잠깐 기블 군, 그건……."

"말이 좀……."

린과 테레사가 살짝 당황한 기색으로 제지하자, 기블은 그제야 어떤 사실을 깨달은 듯 겸연쩍은 표정을 지었다.

"미안. 실언이었어."

"응? 어? 나? 갑자기 왜?"

그리고 시스티나에게 시선을 보냈지만, 정작 당사자는 눈만 깜빡거렸다.

"아! 혹시 선생님 때문에? 얘들도 참, 전혀 신경 안 쓰니까 괜찮아! 그 변변찮은 인간이라면 어차피 조만간 불쑥 돌아올 게 뻔하니까! 지금까지도 늘 그랬잖아?”

“““……”””

하지만 그 말을 들은 학생들은 잠시 입을 다물 수밖에 없었다.

“……그러게. 선생님이라면 분명 언젠가 돌아오시겠지?”

이윽고 가장 먼저 입을 연 것은 슬픈 표정으로 웃는 세실이었다.

“그야 당연하지. 바퀴벌레처럼 목숨이 질긴 사람인걸.”

“……뭐, 그 사람이 우리의 기대를 배신할 리 없을 테고.”

“그, 그렇죠? 평소엔 좀 칠칠맞은 분이시지만, 막상 중요할 때는 늘 우리의 기대에 부응해주신 분인걸요!”

그러자 카슈를 비롯한 다른 학생들도 저마다 동의하기 시작했다.

그리고 그런 친구들을 만족스럽게 지켜보던 시스티나가 갑자기 화제를 전환했다.

“……아무튼! 오늘도 다 같이 열심히 자습이나 하자!”

현재 알자노 제국 마술학원은 사실상 휴교 상태였다.

강사들과 교수진이 페지테 복구 작업에 전면적으로 협력 태세를 취하고 있는 탓에 학생들을 가르칠 여유가 없었기 때문이다.

하지만 그런 와중에도 학생들은 적극적으로 학교에 나와 이렇게 자습이나 자주 트레이닝을 하고 있었다.

이 복구 작업은 고작 1, 2년 정도로 마무리될 일이 아니었다.
훨씬 더 긴 세월이 필요한 장기 프로젝트였다.

그러니 학생들은 장래를 대비해 개인 훈련에 여념이 없었다.

"역시 우리끼리 전부 하는 건 힘드네. ……이럴 거면 그냥
가르쳐줄 사람이 올 때까지 휴교를 때리는 게 낫지 않나?"

"잠깐, 카슈! 이제 와서 왜 갑자기 약한 소릴 하는 건데!"

카슈가 탄식을 내뱉자 시스티나가 반박했다.

"다 같이 정한 거잖아! 상황이 이래도 우리끼리 할 수 있
는 일은 해보자고! 벌써 그걸 잊은 거야?!"

"하하하, 미안. 농담이었어, 농담. 모처럼 세상이 평화로워
졌는데 우리가 게으름을 피우고 있으면 선생님께 미안하지."

카슈는 시스티나를 진정시키기 위해 손을 들고 항복을 표
시했다.

"하지만 카슈의 말에도 일리는 있어."

그러자 세실이 이번에도 조금 슬픈 표정으로 끼어들었다.

"우리 힘만으로 마술을 기초부터 공부하는 게 이렇게 힘
든 일인 줄 몰랐는걸."

"맞아. 우리가 평소에 얼마나 선생님 덕을 본 건지 뼈저리
게 깨달았어."

"그러게요. 너무 당연해져서 잊고 있었지만, 이렇게나 미
숙한 저희를 기초부터 가르쳐주신 선생님은 역시 정말 대단
한 분이셨어요."

저마다 이 자리에 없는 누군가를 생각했다.

"아아, 역시 이럴 때 글렌 선생님이 계셨으면……."

그리고 카슈가 그렇게 말한 순간, 교실 전체가 깊은 침묵에 잠겼다.

하지만 곧 가볍게 손뼉을 치는 소리가 무거운 분위기와 침묵을 걷어냈다.

"자! 거기까지!"

시스티나였다.

"다들 정신 좀 차려! 벌써부터 그런 약한 소릴 하면 어쩔 건데? 정말이지!"

"시스티나…… 하지만……."

"입 다물어! 너희는 부끄럽지도 않아? 우리가 대체 누구 덕분에 살아남았는데! 대체 누구 덕분에 이렇게 평화를 누리고 있는 건데! 선생님이잖아? 전부 선생님 덕분이잖아!"

"""……!"""

"선생님은 이미 충분하고도 넘칠 정도로 우릴 도와주셨어! 그런데 이 이상 도움을 바라는 게 말이나 되냐구!"

"그, 그건……."

"그렇지만……."

"후우~ 너희가 그런 꼬락서니면 조만간 선생님이 돌아오

섰을 때 보고 분명 이렇게 말씀하실걸?「꺄하하하! 역시 너희들은 내가 없으면 안 되는구만! 이 글렌 레이더스 대선생님이 없어서 쓸쓸했어요~?」라고!"

"그, 그건 뭐랄까…….."

"……그 사람이라면 말할 법 해."

"상상하니 왠지 좀 열받는데요."

슬슬 자극을 받기 시작한 학생들에게 시스티나는 계속 말했다.

"그럼 우리가 한번 보여주자."

"""……!"""

"언젠가 선생님이 돌아오셨을 때…… 우리가 이렇게까지 성장했다고. 선생님이 없어도 이 정도로 훌륭해졌다고 보여드리는 거야! 그거야말로 그 사람에 대한 최고의 복수이자 보답이잖아? 안 그래?"

"……응. 네 말이 맞아."

"훗, 반박할 말이 없군."

"예, 어디 한번 해보죠. 언젠가 선생님이 돌아오셨을 때 깜짝 놀라게 해드리는 거예요."

"그럼 평소처럼 서로 모르는 부분을 알려주는 식으로 자습해보자!"

2반 학생들은 그런 식으로 조용히 정열을 불태우며 오늘도 학업에 정진하기 시작했다.

"……후우."

하지만 시스티나는 남몰래 조용히 한숨만 내쉴 뿐이었다.

"……시스티."

그리고 그 사실을 눈치챈 것은 루미아뿐이었다.

─────.

오늘도 충실한 하루였다.

복구 작업 중이라 이래저래 불편한 점도 많았지만, 시스티나를 비롯한 2학년 2반 학생들은 미래를 향해 착실히 한 걸음씩 나아가고 있었다.

"……이걸로 끝."

그리고 그날 밤, 자기 방 책상 앞에 앉아 오늘 복습과 내일 예습을 마친 시스티나는 교과서와 공책을 덮고 기지개를 켰다.

어느새 시간이 꽤 흘렀다.

시계를 보니 벌써 자정을 훌쩍 넘은 시간대였다.

슬슬 잠들지 않으면 내일 일과에 영향이 갈 것이다.

"아직…… 또 뭔가 할 일이 없을까?"

하지만 시스티나는 마치 뭔가에 씐 것처럼 손가락으로 책장을 훑었다.

그러다 문득 얼마 전까지만 해도 당시 역량으로는 힘에

부쳤던 마술서를 발견해 그것을 뽑아들었다.

그리고 다시 책상 앞에 앉아 책을 펼치고 읽기 시작했다.

"응. 문제없네. 지금의 나라면 이해가 돼. ……좋아, 이번엔 이걸 익혀봐야지."

시스티나는 혼자서 떠들며 책 내용에 몰두했다.

"……."

마치 수면 아래를 걷는 것 같은 느릿한 시간의 흐름 속에서 그녀의 눈은 하염없이 문장을 좇고 있었다.

내용은 이해할 수 있었다. 그야 당연했다.

그녀가 현재 도달한 마술사로서의 위계는 예전에 비할 바가 아니었으니까.

이제 와서 이 정도 지식쯤은 아무런 지장 없이 습득할 수 있었다.

그런데 어째서일까. 조금도 머리에 들어오지 않았다. 들어온 순간 마치 썰물처럼 빠져나갔다.

그야 당연했다. 단순히 체력과 정신력이 한계였다.

그 최종 결전 이후 마치 뭔가에 쫓기는 것처럼 오늘 이때까지 무리를 거듭해왔기 때문이다.

"하아……."

눈가를 문지르며 한숨을 내쉰 시스티나는 책에서 눈을 떼고 천장을 올려다보았다.

"뭐 하는 거니, 시스티나. 대체 뭐 하는 거냐고."

자조 섞인 울림이 방 안에 흩어졌다.

"지금 멈춰 서 있을 때야? 지금 미적지근한 평화 속에서 이러는 사이에도 선생님은 분명…… 우리를 위해 어딘가 먼 곳에서 싸우고 계셔. 그러니까 쉬고 있을 틈이 있을 리 없잖아. 더 분발해야 해. 우리를 위해 애쓰고 계신 선생님을 위해…… 내가 더 분발하지 않으면…… 나아가지 않으면……."

문득 시선을 내려 아무 생각 없이 책상 위에 있는 손거울을 쳐다보았다.

그 순간, 온몸의 솜털이 곤두서고 심장이 비명을 질렀다.

"어?!"

그 손거울에 비친 자신의 얼굴이 오늘 아침 꿈에서 본 초췌한 노인의 얼굴이었기 때문이다.

"……?!"

황급히 고개를 흔들고 눈가를 비볐다.

가쁘게 뛰는 가슴을 누르고 호흡을 가다듬으며 다시 손거울을 들여다보았다.

다시 거울에 비친 얼굴은…… 평소와 다름없는 자신이었다.

노인의 얼굴은 어디에도 없었다.

"하아~."

시스티나는 안도의 한숨을 내쉬었다. 아무래도 자신이 생각했던 것보다 육체적으로나 정신적으로나 피폐한 상태라는 걸 새삼 깨달았다.

"나 참, 오늘 아침 괜히 그런 꿈을 꿔서 이러잖아. ……정말이지."

심호흡을 반복해 가쁜 숨을 안정시키려 했다.

동요를 가라앉히려 했다.

"괜히 그런 꿈을 꿔서……."

깊고 천천히 숨을 들이켜고 내뱉는다.

눈을 감고 몸에 힘을 빼며 편안한 상태를 유지하려고 했다.

"그런…… 꿈……."

아무리 자신을 제어하려 해도.

동요가 멎지 않았다. 호흡이 계속 흐트러졌다.

온몸에서 솟구치는 초조함이 사납게 영혼을 불사르고 있었다.

"꿈……."

그리고.

머지 않아.

"……으, 아, 아아, 아아아!"

결국 마음의 허용량을 넘어버려 견딜 수 없게 된 시스티나는 머리를 끌어안은 채 책상에 엎드려 절규를 내뱉었다.

"아니야! 그건 꿈이 아니었어! 현실이야! 앞으로 날 기다리고 있을 확정된 미래! 날 기다리는 미래의 현실이었다구!"

사실 오늘 아침에 그 꿈을 꾼 시점에서 깨달았다.

머리가 아니라 영혼으로 확신했다.

그 꿈의 내용이야말로 현실.

앞으로 시스티나를 기다리고 있는 정해진 미래.

저항할 수 없고, 거스를 수 없는 운명이라는 사실을.

"이유는 몰라. **하지만 난 알고 있어.** 반드시 그렇게 될 거라고……! 난 결국 이대로 선생님을 한 번도 만나지 못하고, 한마디도 나누지 못한 채 혼자 외롭게 죽어! 그게 내 최후라고……! 흑! 히끅!"

눈물이, 오열이 흘러나왔다.

줄곧 참아왔던 것이 봇물 터지듯 넘쳐흘렀다.

"싫어! 싫단 말이야! 선생님! 선생님! 만나고 싶어요, 선생님! 왜! 대체 왜 이런……! 흐아아아아아아아아아아아아앙!"

"무슨 일이야?! 시스티!"

"시스티나! 괜찮아?"

그러자 곧 안색이 바뀐 루미아와 리엘이 시스티나의 방에 뛰어 들어왔다.

"대체 무슨 일인데?!"

"설마 적?! 어디야!"

루미아가 시스티나를 품에 끌어안고 리엘이 날카롭게 사방을 경계했다.

"루미아…… 리엘……."

그런 두 사람을 본 순간.

"흑…… 흐윽…… 으흐흐흑……."

시스티나는 눈물로 젖어 새빨갛게 부은 눈을 깜빡이더니 곧 정신없이 울기 시작했다.

————.

"그래. 그런 일이……."

사정을 들은 루미아가 진지한 표정으로 시선을 내리깔았다.

시스티나는 침대에 앉아 힘없이 고개를 떨군 채 띄엄띄엄 계속 말을 꺼냈다.

"응. 고작 꿈 따위로 웬 호들갑이냐고…… 말도 안 되는 소리라고 생각할지도 모르지만…… 그래도 난…… 알겠는걸."

시스티나의 뺨을 타고 흘러내린 눈물이 침대를 적셨다.

"분명 선생님은…… 이 세계로…… 우리 곁으로 돌아오시지 못할 거야."

"그런가……. 시스티도…… 그랬구나."

하지만 돌아온 건 예상치 못한 대답이었다.

"루미아……?"

"나도, 왠지 모르겠지만, 알고 있었어. 선생님은 이제 돌아오시지 못할 거라고. 말로는 도저히 표현하기 어렵지만, 선생님이 두 번 다신 돌아오시지 못할 거라는 걸…… 이젠 평생 만나지 못할 거라는 걸…… 난 알았어. **알고 있었어.**"

고개를 들자 어느새 루미아도 눈물을 흘리고 있었다.

"정말로…… 대체 뭘까? 미래의 일인데 훨씬 전부터 그렇게 될 거라는 걸 알고 있는 것 같은, 과거에 몇 번이나 경험한 것 같은 이 느낌은…… 대체 뭐지?"

"응. 나도…… 아마 글렌은 돌아오지 못할 것 같아. ……감이지만."

리엘의 표정도 슬픈 듯이 흐려져 있었다.

"루미아…… 리엘……"

슬퍼하는 두 친구를 시스티나는 양팔을 벌려 살며시 끌어안았다.

도저히 뭐라 해줄 말이 없었기 때문이다.

하지만 그 순간.

"흥. 하나같이 죄다 계집애처럼 훌쩍대고 있기는. 뭐, 계집애가 맞지만."

불현듯 짜증스러운 목소리가 울려 퍼졌다.

그리고 방 한편에 갑자기 발생한 빛의 입자들이 한곳으로 모이더니 인간의 형태를 취하기 시작했다.

이윽고 질감과 실체를 얻은 그것은 한 소녀의 모습으로 완성되었다.

다 타버린 재 같은 은발을 가진 루미아와 똑 닮은 얼굴의 소녀로.

"남루스?!"

"흥. 오랜만."

소녀들의 곁으로 천천히 다가온 남루스는 평소처럼 《천공의 타움》의 의상을 입고 있었다.

"대, 대체 지금까지 어디에 있었던 거야!"

"맞아. 그 최종 결전 뒤로 갑자기 사라져서 걱정했는데."

"시끄러워. 그냥 준비나 좀 한 것뿐이야."

남루스는 새침하게 말을 끊었다.

"준비……? 무슨 준비?"

"뻔하잖아? 이 세계를 떠날 준비지."

남루스는 딱히 숨길 생각도 없는지 순순히 실토했다.

"이런 작은 세계에 매달려 있어봤자 어차피 그 남자가 돌아올 리도 없는걸. 차라리 이쪽에서 찾으러 가는 편이 백만 배는 나아. 다행히도 난 글렌과 계약했으니 어떻게든 근처에만 있으면 위치를 탐지할 수 있을지도 모르니까. 뭐, 그래도…… 이 다차원 연립 세계의 규모를 고려하면 광대한 사막 한가운데에서 지도랑 나침판도 없이 특정한 모래 알갱이

46 변변찮은 마술강사와 금기교전 24

하나를 찾는 거나 다름없는 작업이겠지만…… 가만히 기다리는 것보단 낫겠지."

"……!"

그 말을 들은 시스티나가 화들짝 놀랐지만, 남루스는 눈치채지 못하고 말을 계속했다.

"아무튼. 차원수에서 차원수로 건너가기 위한 『문』을 열기 위한 의식 마술은 준비됐어. 난 오늘 밤에 바로 이 세계를 떠날 생각이야. 그렇다고 아무 말도 없이 떠나긴 좀 그래서 당신들에게 마지막 작별 인사를 하러 온 것뿐. 아무튼 그렇게 됐으니 뒷일은 나한테 맡겨. 적어도 당신들의 수명이 다하기 전까지 그 바보 마스터를 이 세계로 데려올 테니까. ……정말이지. 나한테 감사하라구."

그렇게 일방적으로 말을 쏟아낸 남루스는 등을 돌리고 이 자리를 떠나려 했다.

"기다려."

하지만 실체가 완전히 사라지기 전에 시스티나가 그녀의 팔을 붙잡았다.

"왜?"

"안 돼. 그러지 마. 가면 안 돼, 제발."

시스티나의 애원에 남루스는 눈살을 찌푸렸다.

"……어째서? 그 녀석이 이 세계로 돌아올 수 있을지도 모르잖아? 그건 너희들도 바라 마지않는 일 아냐?"

"남루스…… 넌 돌아오지 않아. 아니, 돌아오지 못해. 그러니…… 넌 글렌 선생님을 찾지 못할 거야. 영원히."

"못 보던 사이에 예언자라도 됐어? 바보 같은 소린 그만해."

남루스는 코웃음을 치며 손을 뿌리치려 했지만, 시스티나는 오히려 더 힘을 줘서 단단히 움켜잡았다.

"잠깐, 아프거든?! 이거 놔! 여자 몸은 연약하단……!"

"내 말 좀 들어봐! 남루스!"

시스티나는 짜증을 내는 남루스에게 얼굴을 바짝 들이대고 말했다.

"방금 너, 우리한테 마지막 작별 인사를 하러 왔다고 했지? 혹시 너도 예감…… 아니, 확신이 있었던 거 아니야? 아무리 발버둥 쳐봤자 선생님은 돌아오시지 않을 거고 두 번 다신 만날 수 없을 거라는…… 확신이."

"……?!"

그 말을 들은 순간, 무기질적인 미모를 자랑하는 남루스의 얼굴이 동요와 당혹스러움으로 일그러졌다.

속내를 깊이 읽어볼 필요도 없었다. 정곡을 찔린 표정이었다.

"혹시…… 너도 꿈에서 본 거야?"

"꾸, 꿈? 꿈이라고?! 무, 무슨 말을 꺼내나 싶더니만 고작 꾸움?!"

남루스는 강하게 부정했지만, 왠지 반응이 어색했다.

뭔가 짚이는 게 있는 건 틀림없는 모양이었다.

"부탁이야, 남루스……. 가지 마. 조급해하지 마. 또 누군가를 잃는 건…… 난 더는 견딜 수가 없단 말이야."

시스티나가 애원하자, 남루스는 시선을 내린 채 잠시 입을 다물었다.

"그럼…… 어떻게 해야…… 좋은데?"

하지만 곧 간신히 말을 쥐어짜 냈고.

"그럼 어쩌면 좋은 거냐구!"

그제야 불이 붙은 것처럼 감정을 거스란히 토해냈다.

자세히 보니 남루스는 두 주먹을 강하게 쥔 채 몸을 떨면서 울고 있었다. 부서질 듯 이를 악물고 분노와 슬픔이 거칠게 뒤섞인 표정으로 시스티나 일행을 노려보고 있었다.

"……남루스."

"사실 나도 알아! 이대로 충동에 몸을 맡기고 글렌의 뒤를 쫓아봤자 절대로 찾지 못한다는 것쯤은! 결국 다시 만나지도 못하고 아무도 모르는 세계에서 미련만 남긴 채 비참하고 꼴사납게 소멸하는 미래가 기다리고 있다는 것도……! 그래도…… 그래도 난……! 흑! 흐윽……!"

루미아는 고개를 숙이고 조용히 오열하는 남루스의 어깨에 살며시 손을 얹었다.

"……대체 왜 이렇게 된 걸까. 마치 악몽을 꾸는 것 같아."

그리고 혼잣말처럼 중얼거렸다.

"모두가 열심히 노력하고 필사적으로 싸워서 간신히 평화와 미래를 쟁취했는데…… 우리를 위해 가장 애써주신 선생님만 희생해야 된다니…… 왠지 끝나지 않는 악몽 속에 있는 것 같은 기분이야. ……이런 건 해도 너무하잖아."

"……."

"차라리 전부 악몽이었으면 좋았을 텐데……."

「전부 꿈이었으면 좋았다」……?"

그러자 갑자기 시스티나가 마치 뭔가에 씐 것처럼 루미아가 한 말을 반복했다.

루미아는 미안한 얼굴로 사과했다.

"……미안, 시스티. 이런 건 우리를 위해 목숨 걸고 싸워주신 선생님에 대한 심한 모욕이겠지? ……정말 미안해."

"……."

하지만 시스티나는 대답은커녕 여전히 뭔가에 씐 것처럼 **그것**을 내려다보았다.

자신의 방 화장대 위에 내버려둔 **그것**을.

"……시스티?"

의아한 표정으로 눈을 깜빡이는 루미아 앞에서 비틀거리는 걸음걸이로 화장대에 다가간 시스티나는 **그것**을 손에 쥐었다.

그것의 정체는 상자였다. 상자라고밖에 표현할 말이 없었다.

재질은 불명. 균일하지 않은 모양의 상자 표면에는 마치 이형의 생물을 본뜬 듯한 기괴한 장식이 새겨져 있었다.

이 상자의 이름은 【빛나는 편사각다면체^{트라페조헤드론}】.

마왕 펠로드가 창조하고 미쳐버린 정의 저티스가 개량했지만, 어째선지 저티스가 죽기 직전에 시스티나에게 떠맡겨버린 유물이었다.

남루스의 말에 의하면 이것에는 꿈과 현실의 경계를 조작하는 힘이 있다고 한다.

"너무 많은 일들이 있어서 지금까지 잊고 있었지만…… 그러고 보니 왜?"

왜 저티스는 마지막에 이걸 시스티나에게 맡긴 것일까.

심지어 지금 자신들의 소망과 이 정체를 알 수 없는 상자의 힘에는 왠지 모를 기묘한 관계성이 느껴졌다.

왜 하필 이런 타이밍에 이런 물건이 나에게 있는 거지? 대체 왜?

이게 정말 우연일까?

'설마…… 아직, 있는 거야? 우리가 모르는 진리가? 이 세계의 진실이?'

시스티나는 아무것도 알 수 없었지만, 한 가지 예감을 느꼈다.

그리고 이 예감이 대체 어디에서 비롯된 것인지 알기 위해 떨리는 손으로 그 상자를 연 순간.

파앗!

상자 안쪽에서 자란 기묘한 형태의 일곱 기둥이 떠받치고 있는 다면 결정체가 빛을 발하며 한 인물의 모습을 빚어냈다.

품위 있는 중산모와 프록코트를 걸치고 나락처럼 어두운 눈을 한 그 인물의 정체는—.

『여, 오랜만이네. 글렌의 제자들.』

"""저티스?!"""

혼자 힘으로 세상을 농락하고 궁지로 몰아넣은 최대 최강의 숙적.

미쳐버린 정의 저티스 로우판이었다.

그 모습을 확인한 순간, 시스티나 일행은 반사적으로 산개했다.

그리고 저마다 마력을 끌어올리며 당장에라도 싸울 준비를 취했다.

『하하하, 그렇게 긴장할 필요 없어. 지금의 난 너희들에게 해를 끼칠 리 없고 그럴 생각도 없으니까 말이야. 아무리 「읽고 있었다」지만 좀 슬픈걸.』

저티스는 과장스럽게 어깨를 으쓱이며 싸늘하게 웃었다.

자세히 보니 저티스에게는 실체가 없었다. 반투명한 상태다.

아무래도 저티스가 생전에 저 상자 안에 남긴 잔류 사념 같은 메신저인 모양이었다.

『그건 그렇고…… 너희가 이걸 보고 있다는 건, 그렇군. ……난 결국 글렌에게 진 거겠지. 몇 번을 계산해도 내 승률은 백 퍼센트였는데 말이지? 도대체 어떻게 날 이긴 건지 전혀 상상도 가질 않아, 큭큭큭. ……아니면 혹시 승부에는 내가 이긴 건가? 싸움에는 졌지만, 승부에는 이겼다는 결말인가? 뭐, 아무튼 슬슬 본론으로 들어갈게.』

중산모를 깊게 고쳐 쓴 저티스의 사념체는 의기양양하게 웃으며 시스티나 일행을 다시 돌아보았다.

"왜, 왜 당신이……!"

『물론 내가 스스로 움직일 이유는 하나밖에 없잖아? 정의를 위해서야.』

사념체가 됐음에도 여전한 저티스의 태도에는 어이가 없었지만, 시스티나는 잠시 그의 말에 귀를 기울여보기로 했다.

『내 정의 집행 플랜은 두 가지가 있었어. 먼저 첫 번째는 아마 너희도 이젠 알겠지만, 이 세계를 통째로 제물로 바쳐서 글렌을 뛰어넘고 금기교전을 손에 넣는 것. 내가 진정한 「정의의 마법사」가 돼서 이 세상 모든 악의 근원인 《무구한 어둠》을 단죄하는 것. 이게 가장 평화롭고 손쉬운 방법이었을 텐데 아무래도 너희 마음엔 들지 않았던 모양이네. 왤까? 아하하!』

솔직히 바로 상자를 덮고 싶은 기분이었지만, 참았다.

『……그리고 만 분의 일, 억 분의 일, 조 분의 일의 확률로

실패했을 때를 대비해 한 가지 보험을 걸어뒀어. 그게 이 두 번째 플랜이야.』

저티스의 사념체가 어깨를 으쓱였다.

『뭐, 솔직히 이 플랜은…… 까놓고 말해 실패할 거야. 성공률이 낮아도 너무 낮아. 하지만 이 시점에서 확률이라는 숫자 놀음은 아무 의미도 없는 개념이 됐을 테니 뭐, 이왕 이렇게 된 거 너희들에게 맡겨보는 것도 나쁘지 않겠다 싶었거든.』

"당신, 그게 대체 무슨……."

『……글렌을 구하고 싶은 거지?』

갑자기 핵심을 찌르는 저티스의 발언에 시스티나 일행은 숨을 삼켰다.

메신저에 불과한 사념체에 자아는 존재하지 않는다.

그저 미리 기록해둔 정보를 자동으로 내뱉을 뿐이다.

미래 예지에 가까운 행동 예측이 가능한 오리지널 사용자인 저티스가 시스티나 일행의 반응을 어느 정도 예상하고 남긴 메시지라는 건 알고 있었지만, 글렌을 구한다는 말이 나왔다는 건 이미 《무구한 어둠》의 강림까지 예측했다는 뜻이리라.

'그, 그런 게 정말로 가능해? 저티스, 당신은 진짜 정체가 뭐지? 대체 뭘 알고 있길래…….'

돌이켜보면 아카식 레코드를 둘러싼 다양한 진실과 과거

와 인연이 밝혀진 지금도 저티스 로우판이라는 남자의 정체만큼은 마지막까지 수수께끼에 싸여 있었다.

바닥이 전혀 보이지 않았다. 심연 그 자체라 해도 과언이 아니었다.

죽은 뒤에도 절대적인 두려움을 품게 하는 숙적 앞에서 시스티나 일행은 그저 입을 다물 수밖에 없었다.

『아무래도 이제 좀 들어볼 생각이 든 모양이네? ……뭐, **읽고 있었지만.**』

저티스의 사념체는 의미심장하게 웃으며 말했다.

『자, 그럼 일단 차원 너머로 사라진 글렌을 구하려면 이 세계의 한 가지 진실…… 진리. 진정한 모습을 알아야 할 필요가 있어. 이 과정을 거치지 않고 그를 구하는 건 불가능해. 이야기가 좀 길겠지만, 마지막까지 들어주길 바라. 그리고 들은 다음 어떻게 할지는 전부 너희들에게 달렸어.』

그렇게 서론을 둔 저티스는 한껏 긴장한 시스티나 일행 앞에서 본론을 꺼냈다.

그리고 마침내 밝혀진 경악스러운 진실은…….

────.

며칠 후, 2학년 2반 교실.

"그게 정말이야? 말도 안 돼……."

시스티나의 이야기를 들은 카슈가 내뱉은 그 말이 이 자리에 모인 모두의 심정을 대변했다.

"하지만 사실이야."

단상에 선 시스티나는 눈앞에 있는 사람들을 훑어보며 의연한 태도로 말했다.

지금 이 교실에 있는 건 2반 학생들뿐만이 아니었다.

상급생인 리제도 있었고 할리, 포젤, 체스트 남작 같은 마술학원의 주요 강사 및 교수들도 모여 있었다.

"좀처럼 믿기 어려울 테고 나 자신도 반쯤 의심하고 있지만…… 이게 바로 이 세계의 진실이었어. 그렇게 생각하면 전부 납득이 돼. 지금까지 우리가 겪어온 싸움들을 한번 떠올려 봐. 우리는 늘 지나치게 절망적인 상황에서 바늘구멍을 통과하는 듯한 승리를 쟁취해 왔어. 조금이라도 실수하면 모든 게 물거품이 되는 싸움을 몇 번이나 극복해왔어. 다행히도 우린 기적적으로 전부 잘 해결해왔지만…… 한편으로는 이런 생각이 든 적은 없어? 그래도 **너무 지나치다**고."

"그건……! 그, 그렇지만……!"

카슈는 결국 부정하지 못했다.

"이 세계의 진실이 네놈 말대로라면 확실히 일리는 있군. ……인정하고 싶지는 않다만."

그러자 할리가 안경을 올려쓰며 대화에 끼어들었다.

"하지만 그게 진실이라고 해도…… 네놈은 대체 뭘 어쩌려는 거지?"

"물론 전 글렌 선생님을 구할 거예요."

시스티나는 의연하게 대답했다.

"그리고 이 바보 같은 촌극에 막을 내릴 거예요. 제가 바라는 진정한 미래를 위해."

"……."

"하지만…… 그러려면 제 힘만으로는 부족해요. 그러니! 여기 계신 여러분의 힘을 빌려주셨으면 해요!"

그리고 깊이 고개를 숙였다.

"확실히 싸움은 이제 끝났어요! 이 세계는 평화로워졌죠! 더 이상 저희가 싸울 필요는…… 뭔가를 할 필요는 사실 없어요! 그걸 위해 선생님은 이 세계를 떠나신 거니까요! 하지만 이 평화는 허식과 거짓 위에 쌓은 모래성 같은 거고…… 무엇보다 글렌 선생님이 어디에도 없는걸요! 물론 선생님이 계시든 말든 앞으로 이 세계의 평화는 바뀌지 않을 거고 무엇보다 여러분의 인생에는 아무런 영향도 없을 거예요! 그러니 이건 그냥 전부 제 욕심이에요! 글렌 선생님을 위해…… 지금도 어딘가에서 우리를 위해 끝없는 인과에 사로잡혀 싸우고 계실 선생님을 구하기 위해…… 아무쪼록 여러분의 힘을 빌려주세요!"

"……저도 이렇게 부탁드릴게요. 부디 여러분의 힘을 빌려주세요."

그러자 루미아도 시스티나 옆에 서서 고개를 숙였다.

"응. 난 잘 모르겠지만…… 글렌을 구하고 싶어. ……안 될까?"

그리고 리엘도 애원하는 눈으로 모두를 쳐다보았다.

"……."

남루스도 교실 한편에서 가만히 상황을 지켜보고 있었다. 하지만 평소처럼 차가운 그녀의 눈동자에는 왠지 모를 간절함이 깃들어 있었다.

"""……."""

반면, 다른 이들은 무겁게 입을 다물고 있었다.

딱히 그들이라고 해서 글렌을 구하자는 의견에 부정적인 건 아니었다.

하지만 시스티나의 말이 진실이라면 이건 지뢰밭에 스스로 발을 들여놓는 짓이나 다름없었다. 모처럼 얻은 평화와 미래가 무너져버릴 가능성이 있었다.

그래서 시스티나는 그저 제「욕심」일 뿐이라고 하면서까지 고개를 숙인 것이었다.

아무리 글렌에게 큰 은혜를 입었다지만, 이 상황에선 망설일 수밖에 없는 게 인간이니까.

하지만 그런 망설임이 지배하는 침묵을 깨트리듯.

"흥. 어쩔 수 없네."

"그래, 어쩔 수 없군."

힘찬 목소리와 함께 교실 문이 열리며 두 남녀가 들어오자, 모두의 시선이 일제히 그쪽을 향했다.

그들의 정체는…….

"이브 씨! 알베르트 씨!"

시스티나가 경악하는 한편, 이브와 알베르트는 교실 안으로 성큼성큼 들어왔다.

일단 두 사람에게도 오늘 모여 달라는 편지를 보내기는 했다.

하지만 복구 작업에 참여하느라 바쁜 그들이 정말로 와줄 거라는 기대는 없었던 탓에 놀란 시스티나는 그저 눈만 깜빡일 수밖에 없었다.

"이야기는 전부 들었어. 난 찬성이야."

"살다 보면 아홉을 구하기 위해 하나를 포기하는 비정한 결단이 요구되는 상황은 엄연히 존재해. 하지만 내가 보기에 아직 포기할 단계는 아니군. ……그것뿐이다."

"이, 이브 씨…… 알베르트 씨……."

"흥. 착각하지 마. 나, 난 딱히 글렌이 있든 말든 아무래도 상관없지만! 그래도 구세의 영웅이 있는 편이 앞으로 이 나라의 미래를 지키고 재건하는 데…… 아, 아무튼 여러모로 유리하잖아?! 그, 그냥 그뿐이라구!"

이브가 팔짱을 끼고 시선을 피해버리자, 시스티나는 쓴웃음을 흘릴 수밖에 없었다.

"그리고…… 이 제안에 찬성하는 건 우리만이 아니다."

알베르트가 뒤를 돌아보며 눈짓을 보내자, 지금까지 교실 안에서는 사각이었던 위치에서 한 여성이 교실로 들어왔다.

버나드와 크리스토프라는 특무분실 멤버들이 좌우 양쪽에서 호위하는 그 여성의 모습을 본 순간, 전원이 깜짝 놀라 소리쳤다.

""""여, 여왕 폐하?!""""

그렇다. 그 여성의 정체는 현재 이 알자노 제국에서 가장 바쁜 인물.

황폐해진 제국을 재건하기 위해 초 단위의 스케줄에 시달리고 있을 이 나라의 수장.

여왕 알리시아 7세. 바로 그 사람이었다.

알리시아 7세는 황급히 경례를 올리려는 이들을 손으로 제지하며 늠름한 목소리로 선언했다.

"이대로 저 하늘에 도전했던 구국, 구세의 영웅 글렌 레이더스를 잃고서도. 모든 책임을 글렌 레이더스에게 떠넘기고서도. 떠맡기고서도. 아니, 그를 이 세계의 평화를 위한「제물」로 바치고서도 여러분은 조상님들에게 가슴을 펼 수 있겠습니까? 자손에게 자랑할 수 있겠습니까?"

""""……?!""""

경악하는 이들에게 알리시아는 당당하게 발언했다.

"이 제국을 위해 분골쇄신한 영웅을 되찾을 기회가 왔음에도 이대로 수수방관하는 건 제국 왕실의, 그리고 긍지 높은 제국민의 수치겠지요. 따라서 이 자리에서 전 알자노 제국 여왕으로서 후세에 제국 왕실 최대의 암군이라는 평을 받게 될지라도 칙명을 내리겠습니다.「전원이 일치단결하여 글렌 레이더스를 구하도록」이상입니다."

그리고 루미아를 살짝 흘겨보며 장난스럽게 윙크를 보냈다.

'……고마워요, 어머니.'

루미아는 마음속으로 그저 위대한 어머니에게 감사할 따름이었다.

그리고 알리시아의 강한 의지가 깃든 발언은 모두의 영혼에 불을 붙인 모양이었다.

"……그래, 맞아! 싸움은 아직 끝나지 않았어!"

"그래, 끝난 것처럼 보여도 아직 이어지고 있었던 거야. 근본적으론 아직 아무것도 해결되지 않았어."

"맞아요! 저희는 이 끝나지 않는 싸움을 선생님께 떠넘기고 있었을 뿐이에요!"

"이번에야말로 전부 끝내자! 우리 손으로!"

"얘, 얘들아……."

제각기 결의를 드러내는 학생들의 모습을 본 시스티나는 눈시울이 뜨거워졌다.

"이번만큼은 네가 지휘관이야. 시스티나."

"우리는 장기말이다. 잘 써보도록."

"이브 씨…… 알베르트 씨……."

"물론 저도 가능한 한 협력할게요. 제 이름을 대면 아무리 무모한 짓이라도 즉시 해결될 겁니다?"

"여, 여왕 폐하까지……."

많은 이들에게서 격려를 받고…….

"시스티."

"시스티나."

"……."

루미아, 리엘, 남루스의 시선을 받은 시스티나는 힘차게 고개를 끄덕였다.

"다들 고마워! 이게 우리의 진짜 마지막 싸움이야! 반드시 선생님을 되찾아서 다 같이 한마디씩 해주자! 작전명은…… 웅! 이보다 어울리는 이름은 없겠지! 『기계 장치의 신 작전』!"
_{오퍼레이션 데우스 엑스 마키나}

지금 이 자리에서 시동!"

　남겨진 자들의 후일담^{엔딩}이 조용하고도 뜨겁게 막을 올린 순
간이었다.

제2장 옛 신

—나는 싸우고 있었다.
이 무한한 세계에서 영원히—.

고향을 떠난 뒤로 대체 얼마나 시간이 흘렀을까.

대체 얼마나 많은 세계를 넘나들었을까.

대체 얼마나 오랫동안 싸워왔을까.

이젠 기억도 잘 나지 않았다.

주관적인 시간으로는 2천 년을 넘은 시점에서 세는 걸 그만두었다.

애당초 각 세계와 차원수마다 시간의 흐름과 기준이 다르다 보니 사실 세는 것 자체에 의미가 없었다.

신이 아닌 나로선 고향에서 지금쯤 얼마나 시간이 흘렀을지는 상상조차 할 수 없었다.

그래서 세는 걸 그만둔 뒤로도 난 계속 싸워왔다.

정신이 아득해질 것 같은 긴 시간을, 수라는 개념이 무의미해질 정도의 시간을, 세계와 차원과 시대를 초월해 계속 걸어왔다.

《무구한 어둠》과 계속 싸워왔다.

어떨 때는 전란의 시대. 오랫동안 피로 피를 씻는 전쟁이 이어지는 세계였고.

어떨 때는 아득히 먼 미래. 인류가 우주까지 진출한 세계였고.

어떨 때는 중세. 기사들이 검으로 긍지를 논하는 세계였고.

어떨 때는 마법 문명. 과학이 완전히 도태되고 마법이 지배하는 세계였고.

어떨 때는 신대. 인간과 신이 공존하는 세계였고.

어떨 때는 과학 문명. 마술이 쇠퇴하고 문명이 고도로 발달한 세계였고.

난 그 모든 세계에 나타난 《무구한 어둠》을 계속해서 쫓아다니며 싸워왔다.

그리고 전부 패배했다.

나와 《무구한 어둠》의 직접적인 대결 결과만 보면 매번 무승부였다.

하지만 내가 아무리 애를 써도 《무구한 어둠》이 늘 한 수 위였고, 결국 놈의 계획대로 그 세계는 비참한 멸망을 맞이할 수밖에 없었다.

난 세계를 지키지 못했다. 그러니 결과적으로는 내 패배다.

그리고 《무구한 어둠》은 인간의 어리석음과 날 실컷 비웃은 후.

―나 잡아봐라♪ 쿡쿡······.

마치 자신을 잡아보라는 듯 노골적인 흔적을 남긴 채 다음 세계로 떠나갔다.

그러면 나도 이번에야말로 반드시 이기겠다고 맹세하며 그 뒤를 추적했다.

예를 들면 **이 세계**도 그런 식이었다.

내가 간신히 무구한 어둠을 따라잡았을 때.

이 세계는 이미 끝장나 있었다. 이미 모든 게 늦은 뒤였다.

―――――.

이 세계는 한마디로 표현하면 정령의 세계다.

인간이 대자연 속에서 정령과 공존하는 세계.

풍부한 자연과 마나 그리고 정령의 가호와 은혜 속에서 다툼이 일절 없는, 모든 인간이 손을 맞잡고 평화롭고 풍족하게 살아가는 일종의 이상향 같은 세계였다.

하지만 그곳에 《무구한 어둠》이 강림한 순간, 미래는 이미 정해진 것이나 다름없었다.

인간 사회의 이면에 숨어든 《무구한 어둠》은 사람들의 마음속에 존재하는 어둠을 들추고 증폭시켜서 서로를 의심하게 만들고 의미 없는 분쟁을 조장해 평화로웠던 그 세계를 다툼이 끊이지 않는 전국시대로 전락시켰다.

인간의 좋은 이웃이었던 정령은 단순한 병기로 격하되었고, 결국 정령의 분노를 산 인간의 세계는 머지않아 천재지변과 대재앙 끝에 멸망하고 말았다.

세계에서 마나가 고갈되고, 생명이 말라 죽고, 인간이 사멸하고, 정령이 소멸하고, 풀 한 포기조차 자랄 수 없는 사막의 세계로 전락하고 만 것이다.

그런 싸우는 의미조차 남지 않은 세계에 뒤늦게 도착하고 만 나는 《무구한 어둠》과 대치했다.

—오는 게 늦으셨네요오? 기다리다 지쳤답니다?

"이 망할 자식이!"

붉게 문드러진 탁한 하늘 아래 작열하는 사막 한복판에서 난 《무구한 어둠》과 격돌했다.

하늘에서 이쪽을 내려다보는 어떤 소녀의 모습을 한 《무구한 어둠》을 향해 광속으로 도약했다.

"우오오오오오오오오오오오오오오오오오오오!"

그리고 손에 든 《아르 칸》에 마력을 담아 무구한 어둠을 내리쳤다.

―아하하하! 아~하하하하하하하하하핫!

그러자 《무구한 어둠》이 온몸에서 빠르게 내뻗은 촉수로 내 공격을 막았다.
"치잇!"
―그럼 이번에는 좀 늦었지만 시작해볼까요? 이 세계의 최종 결전을!

그렇게 말한 《무구한 어둠》은 양팔을 펼치며 모든 것을 내려다보는 듯한 전투태세를 취했다.
전신에서 헤아릴 수도 없을 정도로 많이 촉수를 뻗으며, 무엇으로도 변할 수 있는 썩은 콜타르 같은 「무한한 혼돈」을 두른 채 나와의 싸움을 시작했다.

―――――.

나는 싸웠다.
전력을 다해 싸웠다.
이번에야말로 이 세계에서 모든 걸 끝내기 위해.
하다못해 지금 들리는 이 싸우는 소리가 내가 구하지 못한 이 세계에 바치는 진혼가가 될 수 있도록.
난 평소처럼 내 모든 것을 걸고서 싸웠다.

"하아아아아아아아아아아아아아아아아아아아아앗!"

한 번 휘두를 때마다 모든 물질을 근원소^{오리진}까지 분해하는 극광을 방출하며 땅 끝까지 닿는 참격을 계속해서 날렸다.

—꺄하하하하하하하하핫! 꺄하하하하하하하하하하!

하지만 《무구한 어둠》은 자신이 두른 혼돈에서 발생한 촉수로 모조리 튕겨내고 있었다.

충격이 대기를 뒤흔들고 이 세계의 붕괴를 한층 더 가속시켰다.

《무구한 어둠》의 촉수가 아무렇지 않게 날리는 일격은 그 하나하나가 전부 초월적인 신비가 깃든 공격이었다.

주위의 시간과 공간을 뒤틀고 빛의 속도조차 뛰어넘는 공격이자.

몸 근처에 생성한 허공에 촉수를 찔러 넣어 세계에 존재하는 모든 틈새에서 상대를 노릴 수 있는 공간 도약 공격이자.

사방에서 딜레이 없이 날아드는 영거리 공격이자.

공격 대상의 가까운 미래나 과거를 직접 타격하는 사차원적인 공격이기도 했다.

심지어 저 촉수에는 닿기만 해도 영혼과 존재와 마술 술식까지 썩어 문드러지게 하는 맹독성 혼돈이 담겨 있기까지

했다.

난 그걸 시간과 공간을 조작해서 간파하거나, 내가 존재하는 시간축을 미래나 과거로 엇갈리게 하거나, 촉수와의 시간축을 일부러 맞춰서 베어버리고 있었다.

그리고 이쪽이 입은 대미지는 혼돈 정화와 자동 소생 마술로 무효화했다.

이런 시간과 공간과 우주와 생명의 법칙을 어지럽히는 지옥 같은 전투 공간 속에서 《무구한 어둠》이 여느 때처럼 즐거운 목소리로 말을 걸어왔다.

—그건 그렇고 선생님~? 당신이 이 세계의 심연 일부를 아는 자들한테 지금 뭐라고 불리는지 아시나요?

"내 알 바냐!"

난 대답하면서도 오른손에 든 칼로 신살의 참격을 날리는 동시에 왼손으로 신멸의 바람마술을 날렸다.

하지만 《무구한 어둠》은 막대한 양의 혼돈을 방출해 그것을 막으며 잡담을 계속했다.

—정체불명의 신성, 옛 신 《신을 참획한 자》. 그것이 지금의 당신을 가리키는 진명.

"……닥쳐! 그딴 건 아무래도 상관없다고!"

듣기 싫어서 온갖 공격을 퍼부었지만, 《무구한 어둠》의 입을 다물게 할 수는 없었다.

—온갖 세계, 온갖 시대를 넘어 인간을 위해 싸우는 「정

의의 마법사』. 인간의 몸으로 신의 영역에 도달해 모든 사악한 신들과 맞서 싸우는 수수께끼의 신성. 원초 특이점 제로, 우주가 개벽하는 순간부터 엔트로피의 한계인 우주 종언의 순간까지 모든 차원에서 인간을 위해 싸우는 가장 오래된 신 중 하나…… 어떤 의미로는 아카식 레코드의 산증인. 그게 바로 지금의 당신이랍니다.

"닥쳐……!"

—하하, 역시 선생님은 대단해요! 아카식 레코드 전체를 통틀어도 당신 같은 인간이 존재했던 기록은 없었는걸요! 아, 어쩐지 이 근처의 사신 놈들이 모조리 끔살당했을 만하네요! 으앙~ 무서워라~! 나도 참획당할지도~?

"닥쳐!"

—그러고 보니~? 이것도 아시나요? 요즘 당신을 흉내 내는 마술사가 조금씩 생기기 시작했답니다? 다차원 연립 평행 세계를 넘나들며 활약하는 당신의 힘을 어느 세계의 누군가가 인생을 낭비해가며 해석해 정리한 마도서…… 그게 다양한 세계에 나돌기 시작했거든요! 그런데 그 마도서의 이름이 참 걸작이더라구요! 다름 아닌 아카식…….

"……닥쳐!"

—아, 맞아. 맞아. 그러고 보니 언제였더라? 분명 내 주관적 시간으로는 2천 년쯤? 당신이 늦는 바람에 내가 가지고 놀다 멸망시킨 세계 중에도 있었죠? 당신의 열렬한 팔로

워…… 팬이었던 분이요.

"닥쳐……!"

―당신에게는 무척 그리운 이름일 텐데, 분명 타카스…….

"닥쳐어어어어어어어어어어어어어어어어어어어어!"

난 저 입을 틀어막기 위해 한층 더 빠른 참격을 날렸다.

무한한 검광이 세상 끝까지 날아가며 이 세계 일부를 증발시켰지만, 그래도 닿지 않았다.

《무구한 어둠》이 날린 촉수와 혼돈에 전부 가로막혔기 때문이다.

저 치트 자식……!

―소용없다구요! 오랜 시간을 들여 마술사로서의 위계를 아무리 천원돌파시켜 봤자 당신은 결국 나라는 존재의 본질을 전혀 이해하지 못하고 있는걸요! 그런 상태로는 아무리 강해져봤자 날 소멸시킬 수 없답니다~!

"망, 할……!"

난 지금까지의 여정에서 쌓아온 신비를 《무구한 어둠》에게 모조리 쏟아붓기로 했다.

먼저 예전에 두들겨 패서 하인으로 삼은 외우주의 사신 《홍련의 사자》를 소환하는 동시에 《금색의 뇌제》도 소환했다.
크투가   인드라

천지개벽의 순간에 필적하는 열량이, 차원조차 뒤트는 플라스마가 《무구한 어둠》을 타격했지만, 효과가 없었다.

"치잇!"

이번에는 회중시계를 꺼내 용두를 누르자, 《무구한 어둠》의 내부 시간을 수백억 년 단위로 넘겼다.

 시간의 경과로 소멸하지 않는 건 이 세상에 존재하지 않는다.

 하지만 아무리 시간을 넘겨도 《무구한 어둠》은 소멸하지 않았다.

 —꺄하하하하하하하하하하하하하하하하하하하하하하하! 다음은? 다음은 뭐죠?!

 "닥쳐어어어어어어어어어어어!"

 공간을 제로 차원으로 압착해도 죽지 않았다.

 「죽음」의 개념을 《무구한 어둠》의 본질에 직접 새겨 넣어도 죽지 않았다.

 전방위에서 마이크로 블랙홀을 퍼부어도 죽지 않았다.

 무슨 짓을 해도 죽지 않았다. 죽일 수가 없었다.

 —소용없다고 했잖아요! 정말 쓸데없는 노력을 좋아하는 분이시네요!

 "우오오오오오오오오오오오오오오오오오오오오!"

 그럼에도 나는 싸우는 걸 멈추지 않았다.

죽지 않는 상대를 죽이기 위해 온갖 수단을 총동원했다.
그리고…….

―어라라, 이 세계에서 싸우는 것도 슬슬 끝이려나?

"헉! 후우! 후우……!"

《무구한 어둠》이 주위를 살피며 말했다.

원래 멸망을 맞이했던 이 세계는 우리의 전력을 다한 전투로 인해 철저하게 파괴되었다. 전투의 여파로 떨어져나간 세계의 파편이 허무의 허공으로 빨려들어가는 광경이 눈에 들어왔다.

자신의 존재를 고착시켜서 발판으로 삼을 「세계」가 없다면 아무리 우리라도 더는 싸울 수 없다.

이 세계의 싸움은 이것으로 끝난 것이다.

―그럼 전 슬슬 가볼게요. 우후훗! 다음 세계에서 기다릴게요오.

"자, 잠깐…… 거기 서!"

―메롱~ 됐거든요? 뭐, 다음은 가급적 좀 더 일찍 와주세요! 빨리 안 오면 당신이 오기 전에 냉큼 멸망시켜버릴 거니까요! 심심하니까!

"젠장! 젠장……!"

―아, 맞아! 이 세계에서의 당신이 지금까지 중 제일 약했답니다? 우후훗. 슬슬 「한계」가 온 걸까요? 하긴, 슬슬 「그

런 시기」라는 생각이 들었지만요!

"……?!"

―그래도 좀 더 버텨주세요! 잊으셨나요? 당신이 멈춰 서면 전 당신의 고향 세계를 멸망시킬 거라구요! 이건 그런 게임이고, 당신이 절 쫓을 때 제가 고향 세계로 갔다간 차원수 좌표를 들켜서 재미가 없…… 우와! 와! 얼굴! 지금 엄청 무서운 얼굴이에요, 선생님! 선생님이 무서우니 전 냉큼 이 세계에서 물러나겠습니다! 그럼 이만!

그 말을 끝으로 《무구한 어둠》은 눈 깜짝할 사이에 사라졌다.

완전히 파괴돼서 무너져가는 세계에 발생한 수없이 많은 틈새, 허무의 너머로 달아난 것이다.

"빌, 어, 머그으으으으으으으으으으을!"

나는 필사적으로 그 뒤를 쫓았다.

꼴사납게 쫓아갈 수밖에 없었다.

――――.

늘. 항상. 언제까지나 이 과정을 반복해왔다.

솔직히 마음이 꺾일 것만 같다.

앞으로 대체 몇 번을 싸워야 되는 걸까.

하지만 난 꺾일 수 없었다.

내가 꺾이면 《무구한 어둠》은 그리운 그 세계의, 그 시대에 강림해 내 소중한 사람들을 유린할 터.

그것만은 허락할 수 없었다.

"괜찮아. 난 아직 괜찮아. 아무렇지도 않아. 그냥 나아가기만 하면…… 멈춰서지만 않으면 돼."

나는 그 일념을 마음에 품은 채 발을 내디뎠다.

어디까지고 나아갔다.

지금까지도.

그리고 앞으로도 계속…….

제3장   어떤 소년과 「정의의 마법사」

—대체 얼마나 많은 세계를 넘나든 걸까.

—대체 얼마나 긴 시간을 싸워온 걸까.

모든 세계, 모든 시대를 돌아다니며 《무구한 어둠》과 싸워온 끝에.

글렌은 어떤 세계에 표류했다.

왠지 그리운 느낌이 드는 세계였다.

그의 고향 세계와 비슷한 문화. 비슷한 문명 수준.

마침 산업혁명이 시작된 참이라 인류가 미래와 발전을 향해 아무런 망설임도 없이 전력으로 돌진하는 시대.

한편으로는 공해와 빈곤과 계급 격차 같은 다양한 사회문제도 서서히 부각되기 시작했지만, 그것들조차 미래를 향해 나아가는 인류의 열광적인 에너지 앞에서는 아무런 문제가 되지 않는 시대.

그런 세계에 글렌은 와 있었다.

《무구한 어둠》을 쫓다가. 혹은 유도당해서.

고향 세계와 분위기가 너무 흡사하다 보니 글렌은 편의상 이 세계를 『모조 세계』라 부르기로 했다.

'……겉보기엔 평화로운 세계로구만.'

그런 세계의 어떤 시골 마을 큰길을 걷다가 생각했다.

하지만 방심은 할 수 없었다.

이 세계에 이미 《무구한 어둠》이 와 있는 건 확실했다.

실제로 글렌이 대충 조사한 것만 봐도 명백히 인간사회의 이면에서 《무구한 어둠》이 개입한 듯한 사건과 현상이 다발하고 있었다.

이 세계에서는 아직 아무도 눈치채지 못했지만, 여느 때처럼 끝없는 악의에 의해 착실히 파멸의 길을 향해 나아가고 있었다.

'그건 그렇고 뭐랄까…… 진짜 내 고향이랑 엄청 비슷하네. 뭐, 기억은 잘 안 나지만. 분명 이런 느낌이었단 말이지. 아마도.'

길을 걷는 사람들이나 거리의 풍경을 신기한 눈으로 둘러보니 문득 다시 한번 그런 생각이 들었다.

사람들이 입고 있는 옷이라든가.

마을을 구성하는 건물의 건축양식이라든가.

기억은 이미 꽤 흐릿했지만, 정말로 많이 비슷했다.

하지만 고향과 달리 이 세계에서는 마술이 전혀 발전하지 못한 게 결정적인 차이였다.

아니, 정확히는 마술이나 마법 등은 어중간한 과학에 의해 완전히 부정당하고 잊힌 과거의 유물이 되어 있었다.

「마나」, 「성기광(星氣光)」^{아스트랄 라이트}, 「생체 자기장」^{마그네타이트}, 글렌이 원래 있던 세계에서는 「마력」이라 불렸던 영적인 에너지대가 희박한 세계에서 흔히 보이는 문화적 현상이었다.

'뭐, 잠복하기엔 편해서 좋지만.'

글렌의 현재 복장은 기본적으로 너덜너덜한 와이셔츠와 슬랙스 차림이지만, 흡사 옛 방랑자를 연상케 하는 넝마 같은 망토를 걸치고 후드를 깊이 눌러쓴 데다 허리춤에는 언월도, 등에 권총 같은 다양한 마술 무장을 장비한 상태였다.

단순히 겉모습만 놓고 봐도 고향 세계에 있었을 때와는 전혀 달랐다.

너무나도 오랜 시간이 지났기 때문인지 길게 자란 머리카락은 이미 백발이 되었고 눈동자는 진홍색인 데다 피부와 얼굴 여기저기에 다양한 마술 문양을 새긴 탓에 옛 지인이 봐도 한눈에 글렌이라는 걸 알아볼 수 없을 정도로 많이 변해 있었다.

뭐, 다시 말하면 솔직히 누가 봐도 수상한 몰골이었다.

하지만 조금이라도 마술에 소양이 있는 자라면 즉시 간파할 수 있는 수준의 암시 마술만 걸었을 뿐이라 스쳐 지나가는 사람들은 아무도 글렌의 존재를 신경 쓰지 않았다. 아니, 눈치도 채지 못했다. 무의식적으로 피해서 지나갈 뿐이었다.

'자, 그럼 이번에는 어떻게 할까…….'

시간이 없다. 최대한 서둘러야 했다.

조금이라도 빨리 효과적인 수를 두지 않으면 이 세계는 눈 깜짝할 사이에 파멸의 길을 걷게 될 터.

아니, 파멸은 이미 시작되었으니 한시라도 빨리 방침을 정해 움직여야만 했다.

하지만. 그럼에도.

'솔직히…… 좀 지쳤어.'

지금까지는 의식하지도 않았던 피로가 몰려오는 듯한 느낌에 글렌은 한숨을 내쉬었다.

주위를 둘러보니 마침 마을 광장이었다.

이 마을 사람들의 쉼터인 듯 산책 중인 젊은이나 가족들로 제법 붐비고 있었고, 광장 중앙에는 이 마을을 상징하는 듯한 여신상이 늠름하게 검을 세워 들고 있었다.

'저 여신상. 으음……. 분명 어디서 본 거 같은데…….'

글렌은 무심코 그 여신상을 뚫어지게 올려다보았다.

뭐, 어느 세계든 인간의 문화와 예술의 발전 방향성에는 일정한 공통 법칙이 있었다. 세계가 달라도 살고 있는 환경과 시대가 비슷하면 큰 차이가 없다는 걸 직접 보고 깨달을 수 있었다.

그러니 아마 전에 어떤 세계에서 비슷한 여신상을 봤던 게 아닐까.

기시감의 정체에 그런 식으로 결론을 내린 글렌은 여신상의 발 받침대에 등을 기대고 다리를 쭉 뻗으며 주저앉았다.

'흐아~ 조금만 쉬어볼까.'

사실 지금의 그에게는 수면이나 식사가 필요 없었다.

이미 먼 예전에 극복한 상태다.

기껏해야 일개 생물이었던 시절의 습관으로 가끔 즐기는 정도였다.

지금 하는 것도 눈을 감고 외부의 감각을 차단해서 잠시 정신을 쉬게 하는 작업일 뿐.

몸에 건 암시 덕분에 길바닥에 주저앉은 글렌에게 뭐라 할 사람도 없었다.

있을 리가 없었다.

'……'

그렇게 글렌이 잠시 휴식을 취하려 한 순간.

"……저기, 형은 어디서 왔어?"

갑자기 누군가가 말을 걸어오는 바람에 조금 놀랐다.

"……?"

한쪽 눈만 뜬 글렌은 깊게 눌러쓴 후드 사이로 어느새 눈 앞에 선 인물을 올려다보았다.

아무리 잠시 경계를 풀었다지만, 이토록 가까이 접근을 허용한 시점에서 자신은 여전히 근본적으로는 삼류라는 생각이 들어 속으로는 한숨을 내쉬면서도 눈앞의 인물을 자세히 관찰했다.

소년이었다. 아마 이 마을의 주민일 터.

나이는 열 살도 채 되지 않았을 것이다. 유복한 가정 출신인지 몸에 걸친 양복과 넥타이와 구두는 전부 고급품으로 보였다.

'……응? 이상하네. 내가 암시를 풀었던가?'

그러고 보니 이 소년은 대체 어떻게 자신의 존재를 눈치채고 말을 걸어온 것일까.

'게다가…….'

글렌은 새삼스레 자신의 모습을 내려다보았다. '

온몸을 가린 낡은 망토. 허리춤에 찬 언월도.

어딜 어떻게 봐도 수상한 인간이다.

누가 봐도 지뢰에 가까운 이런 인간에게 일부러 말을 거는 사람이 있을까?

하지만 소년은 어째선지 흥미진진한 눈으로 자신에게 말을 걸어왔다.

돌이켜보면 인간이 말을 걸어온 것도 꽤 오랜만이었다.

'으음~ 이 세계, 이 나라의 언어는 분명…….'

얼마 전에 속성으로 익힌 이 세계의 언어로 사고를 전환한 글렌은 소년을 향해 대답했다.

"내가 어디서 왔냐고? 그야 뭐…… 먼 곳에서지."

"먼 곳? ……바다 넘어?"

"……그보다 훨씬 먼, 정신이 아득해질 정도로 먼 곳이야."

아무래도 소년은 글렌의 대답이 잘 이해가 되지 않는 모양인지 고개를 살짝 갸웃거렸다.

'하긴 그렇겠지.'

글렌은 내심 쓴웃음을 지었다.

실제로 자신이 소년이었다면 이 인간이 지금 대체 무슨 소리를 하는 거냐는 반응을 보였을지도 모르겠다.

과거에 학생들에게 뭔가를 가르치는 「교사」를 생업으로 삼았던 자신이 이런 꼬락서니라니.

그렇지만 「이 우주가 무수히 많은 이세계, 무수히 많은 평행 세계, 무수히 많은 시간축과 세계선을 내포하는 차원수라 불리는 다차원 연립 평행 우주 세계이고, 자신은 그런 차원수를 여행하는 방랑자다」라는 진실을 전해봤자 이 세계의 문명 수준으로는 망상에 사로잡힌 정신병자 취급이나 받지 않으면 다행일 것이다.

그래서 딱히 깊게 설명할 것 없이 대충 얼버무리기로 한 것이다.

'뭐, 내 꼴이 워낙 특이하다 보니 저 나이대 소년 특유의 호기심이 경계심을 이긴 거겠지.'

아마 금방 자신에게 관심을 잃을 거라고 생각한 순간.

"왠지 이상한 복장이네. 형은 혹시…… 마법사?"

글렌은 이해할 수 없었지만, 괜히 더 관심을 갖게 만든 모양인지 소년은 신기한 표정으로 다시 질문을 던졌다.

'마법사라…….'

마법사. 소년은 분명 그렇게 말했다.

다시 한번 말하지만, 이 세계의 이 시대에 마법이나 마술 같은 신비의 개념은 존재하지 않는다.

지금보다 아득히 먼 미래에 고도로 발달한 과학에 의해 존재가 증명될지도 모르지만, 지금은 어중간하게 발전한 과학에 의해 존재가 부정된 시대인 신비의 빙하기였다.

이 나이대의 소년 소녀들에게도 그것이 상식인 시대다.

그런데도 진리를 정확히 간파한 소년에게는 왠지 절로 호감이 갔다.

분명 어릴수록 요정이나 정령을 보기 쉬운 경향이 있지만, 상식이라는 벽을 넘어서 본질을 보고 영혼으로 느낀 것을 말로 표현하는 건 아무리 재능이 있어도 어려운 일이다.

조금 전에 글렌이 몸에 건 암시를 무의식적으로 간파한 사실만 봐도 아마 이 소년은 「눈」이 굉장히 좋은 게 아닐까.

혹시 다른 세계였다면, 다른 시대였다면 탁월한 마술사로서 대성했을지도 몰랐다.

"오? 너, 감이 좋다?"

글렌은 환하게 웃으며 대답했다.

"용케 알았네, 정답. 사실 난 마법사야."
"……흐응, 역시 그랬구나."

농담처럼 말해도 소년은 그걸 아무렇지 않게 받아들였다.
글렌의 말을 전혀 의심하지 않고 진실을 알았다는 확신에
가까운 느낌이었다.
터무니없이 순수한 것일까. 아니면 세상의 진리를 날카롭
게 꿰뚫어보는 힘을 지닌 것일까.
'아마, 양쪽 다일 거야.'
왠지 그런 예감이 들었다.

"그 마법사 형이 왜 이런 곳에 있는 거야?"
"이 세계에서 할 일이 좀 있어서."
"할 일?"
"응."

글렌은 이번에도 말을 얼버무렸다.

현재 이 세계는 위험에 빠진 상태다.

지금도 어딘가에서 《무구한 어둠》이 너무나도 조용하고 은밀하게 모습을 감춘 채 각지에서 암약하고 있을 터.

실제로 그 성과는 최근 이 세계 곳곳에서 빈발하는 전쟁과 분쟁, 악화된 치안, 금단의 병기 개발이라는 형태로 드러나기 시작했다.

하나 그걸 막으러 왔다고 이 소년에게 말해봤자 대체 무슨 소용이 있을까.

'굳이 불안하게 만들 필요는 없지.'

그런 생각을 한 글렌은 이걸로 대화는 끝이라는 듯 하늘을 올려다보았다.

"외롭진 않아? 돌아가고 싶지 않아?"

하지만 소년이 갑자기 그런 질문을 던진 순간, 진심으로 경악했다.

이 소년은 사물의 본질과 진리를 보는 눈이 정말로 날카로웠다. 완전 재능 덩어리였다.

사실 과학이 신비를 지워버린 이 세계에서는 아무런 도움도 되지 않을 재능이지만, 그럼에도 글렌은 다시 소년을 쳐다보며 이런 말을 던졌다.

"그러게. ……솔직히 돌아가고 싶긴 해."

"……."

"난 너무나도 오랫동안 여행을 했고, 너무나도 먼 곳까지 와버리고 말았어."

"……."

"고향에는 내 모든 걸 걸고서라도 지키고 싶었던 이들이 있지만, 이젠 얼굴도 잘 기억나지 않고, 애초에 돌아갈 방법 도 길도 몰라. ……이젠 두 번 다시 만날 수 없겠지."

그리고 자리에서 일어나서 등을 돌리고 떠나려 했다.

쓸데없는 말을 너무 많이 했다는 자각이 있어서다.

그러자 소년은 이게 마지막 질문이라는 듯 글렌의 등을 향해 말했다.

"……후회는, 안 해?"

"안 해."

글렌은 돌아보지 않은 채 대답했다.

하지만 스스로도 놀랄 정도로 바로 대답이 나왔다는 사 실에 내심 안도했다.

그래. 자신은 아무것도 변하지 않았다.

아직 걸을 수 있었다. 앞으로 나아갈 수 있었다.

"내가 이러고 있는 덕분에 그들을, 그 녀석들의 세계를 지킬 수 있다면 후회하지 않아. 절대로 이 걸음을 멈추지 않아. 왜냐하면 난…… 「정의의 마법사」니까."

"……「정의의 마법사」? 뭐야 그게?"

당연히 소년은 고개를 갸웃거릴 수밖에 없었다.

'바보처럼 보였으려나? 하긴 그렇겠지. 어쩌겠어.'

다 큰 어른이 대놓고 이런 소리를 했으니 정신 나간 인간 취급을 받아도 어쩔 수 없다.

그래도 글렌은 자신을 속일 수 없었다. 자신의 존재방식을 굽힐 수 없었다.

'설령 누가 날 손가락질하고 비웃는다고 해도 난…….'

"그래도…… 뭔지 잘 모르겠지만…… 멋있네, 형."

하지만 예상치 못한 소년의 말에 글렌은 자기도 모르게 걸음을 멈추고 고개를 돌렸다.

그리고 다시 한번 소년의 모습을 지그시 관찰했다.

약간 눈매가 날카로운 잿빛 눈. 회색 머리카락.

아직 변성기가 오지 않은 소년이지만, 주위의 이목을 끄는 단정한 미모.

그런 소년이 어째선지 동경하는 눈으로 자신을 바라보고

있었다.

'난 이 녀석을 알고 있어······?'

이제는 기억조차 흐릿해진 먼 옛날.

언제, 어디선가, 멀고 먼 세계에서······.

"에이, 설마······."

기분 탓이다. 분명 그럴 것이다.

터무니없는 망상을 떨쳐내듯 고개를 흔든 글렌은 그대로 소년을 내버려둔 채 마을을 떠났다.

───────.

이제 두 번 다시 만날 일은 없으리라.

그렇게 생각했던 소년과 글렌이 다시 만난 건 그리 멀지 않은 훗날의 일이었다.

───────.

신비한 소년과 헤어진 후 글렌은 이 『모조 세계』를 멸망으로부터 구하기 위해 전 세계를 여행했다.

이 세계 어딘가에 숨어 있는 《무구한 어둠》의 행방을 쫓았다.

《무구한 어둠》은 이 『모조 세계』에서는 아무래도 종교를 이용하고 있는 것 같았다.

급속도로 사회 격차가 벌어지는 시대의 변혁에 따라가지 못하고 낙오된 밑바닥 인생들의 불안과 불만에 찬 마음속 빈틈을 찌르며 급속도로 전 세계에 확산된 종교가 있었다.

이름하여 『하늘의 지혜파 교단』.

어디선가 들어본 듯한 이름의 그 신흥 종교단체는 「이 세계는 가까운 미래에 종말과 멸망의 때를 맞이한다」는 예언을 퍼트리며 거기서 구원받으려면 《무구한 어둠》을 유일신으로 숭배해야 한다는 교의를 내세우고 있었다.

그리고 그 《무구한 어둠》 님에게 구원을 받으려면 《무구한 어둠》 님에게 힘을 바칠 대량의 산 제물이 필요하다는 명목으로 각지에서 공공연히 테러를 저지르는 이름만 종교인 테러리스트 집단이었다.

까놓고 말하면 진부하기 짝이 없는 사이비 종교인 셈이다.

원래 이런 수상쩍은 종교에 빠지는 인간은 그리 많지 않다.

하지만 교단의 교주가 《무구한 어둠》에게서 받았다는 기적의 힘— 마술을 대중 앞에서 실제로 보여준 시점에서 상황이 바뀌었다.

이 『모조 세계』는 마법이나 마술이 미신으로 치부되는 세계다.

하지만 지나치게 빠른 사회의 변화와 발전으로 인해 생겨난 폐쇄감과 불안이 오히려 사람들을 그런 오컬트에 더 강하게 빠져들게 만드는 시대이기도 했다.

그래서 대중은 무시무시한 기세로 이 종교에 빠져들기 시작했다.

그렇지 않아도 마술사와 일반인의 격차는 하늘과 땅 차이다.

그 절망적인 전투력의 차이는 이 시대의 조잡한 화기나 병기 따위로는 도저히 메울 수 없을 정도다.

하물며 거기다 『하늘의 지혜파 교단』의 교주는 신도라면 예외 없이 마술을 쓸 수 있게 해줄 수 있었다. 간단히 이 세계의 기준에서 말하는 「초인」이 될 수 있었다.

빠른 시대의 변화를 따라가지 못하고 폐쇄감과 불안을 품고 있던 자.

밑바닥까지 내몰렸지만, 성공을 바라는 자.

단순히 마술이라는 심연의 신비에 매료되어 버린 자.

이렇게 무시무시한 기세로 퍼져나간 이 종파는 어느새 음지의 세력이면서도 이 세계의 국가권력들조차 함부로 손을 댈 수 없는 세계 최대의 암흑조직으로 성장해나가고 있었다.

그리고 그 마술의 힘을 쓸 수 있게 된 신도들은 세계 각지에서 내키는 대로 날뛰고 다녔다.

물론 자신만 구원받을 수 있다면 무수히 많은 타인이 희생되어도 상관없다는 썩어빠진 교의를 아무렇지 않게 받아들일 수 있는 이들은 소수에 불과했다. 대부분의 양심 있는 자들은 이런 가르침에 난색을 표했다.

하지만 그런 이들은 마술이라는 힘 앞에 너무나도 무력했고, 일부 사악한 자들의 희생양이 될 수밖에 없었다.

더 이상 법이나 국가권력으로는 그들을 심판할 수 없었다. 그렇다면 대체 누가 심판할 수 있을까.

바로 글렌이었다.

————.

"진~짜~로 구제할 도리가 없는 놈들일세."

글렌은 분노한 눈으로 눈앞의 광경을 흘겨보았다.

어느 대도시 지하에 세워진 『하늘의 지혜파 교단』의 총본산인 대성당의 중앙 예배당.

현재 눈앞에는 도저히 눈 뜨고 볼 수 없는 죄악의 증거가 펼쳐져 있었다.

바닥에 그려진 거대한 마술법진과 그 위에 쓰레기처럼 널브러져 있는 민간인의 시체들.

그런 참상의 한복판에서 기묘한 기도를 올리고 있던 다수의 신도들이 일제히 글렌을 노려보고 있었다. 광기로 번들거리는 형형한 그들의 눈동자에서는 아무런 죄의식도 느껴지지 않았다. 느껴지는 건 그저 자신들의 신성한 의식을 방해한 자에 대한 분노와 적대심뿐이었다.

"너, 넌 누구냐!"

예배당 가장 안쪽에 있는 제단 앞에서 가장 화려한 사제복을 입은 비만체형의 중년 남자가 글렌을 향해 외쳤다.

"네가 『하늘의 지혜파 교단』의 대교주…… 알렉세이인가."

"뭐, 뭐라고?! 어떻게 그 사실을!"

대교주 알렉세이가 입에 거품을 물고 되물었다.

"아니, 애초에 네놈은 정체가 뭐냐! 대체 무슨 수로 이 대성당까지 침입한 거지?! 이 대성당에는 우리 《무구한 어둠》 님의 신도가 아니면 발견할 수도 없고 들어올 수도 없는 은폐 결계가 펼쳐져 있는데!"

"그딴 허접한 결계로 숨길 수 있을 줄 알았냐?"

글렌은 알렉세이를 향해 발을 내디뎠다.

"멍청한 자식. 고작 그 정도 힘에 눈이 멀어서 이딴 만행을 저질렀다고? ……진짜 이 바보 같은 놈들이."

그 순간, 알렉세이는 뭔가를 깨달은 듯 말했다.

"그, 그렇군! 그 모습과 그 힘……! 네놈이 바로 그분, 우리의 구세주이신 《무구한 어둠》 님께서 말씀하셨던 《어리석은 악마》였나! 세계 각지에서 우리 지부와 신도들을 보이는 대로 쓸어버리고 다닌다는…… 신을, 《무구한 어둠》 님을 노리는 용서받지 못할 대죄인……!"

"멋대로 지껄여."

글렌은 《아르 칸》을 빼들었다.

"……솔직히 너희들 같은 얼치기들을 내가 직접 상대하는 건 어른스럽지 못하다는 자각은 있어. 너희도 《무구한 어둠》의 유혹에 넘어가지만 않았다면 그나마 정상적인 인생을 살았을지도 모르지. 하지만 이미 너희들은 인간으로서 넘어선 안 될 선을 크게 넘어버렸어. 심지어 탭댄스까지 밟아가면서. 너희들의 그 말도 안 되는 이유로 지금까지 대체 몇 명이나 죽었지? 얼마나 많은 사람이 고통스러워했지? ……절대로 안 봐줄 거니까 각오해."

"후후후…… 크크크크…… 크하하하하하하하하하하하하하하하하! 제 발로 제 무덤 자리를 찾아왔구나!"

알렉세이는 성대하게 웃음을 터트렸다.

"설마 몰랐던 거냐? 《무구한 어둠》 님의 뜻을 거역하는 네놈은 이미 이단자로서 우리 교단의 숙청 대상이었다는 사실을! 그런데도 얌전히 숨어 있기는커녕 제 발로 우리를 찾아올 줄이야! 《무구한 어둠》 님께선 대체 왜 이런 얼간이를 경계하시는 건지 이해할 수가 없군!"

그러자 주위에 있던 신도들도 저마다 입을 열기 시작했다.

"대교주 알렉세이 님. 가엾게도 저자는 분명 저희가 《무구한 어둠》 님께 받은 힘이 무엇인지 잘 모르는 게 아닐까요?"

"무지는 죄. 그러므로 저건 용서받을 수 없는 대죄인이다."

"우리 신의 이름을 걸고 네놈을 처단해주지."

"우후후…… 위대한 알렉세이 님의 손을 저런 어리석은 자의 피로 더럽히실 건 없답니다."

"저희 《사성인(四聖人)》에게 맡겨주시길."

"그럼 종교 재판을 시작해봅시다. 이단 심문관의 역할은 우리 사성인이 직접 맡지요. 판결은 사형. 영광으로 여기며 죽어주시길."

이번에도 화려한 사제복을 입은 네 남녀가 글렌의 앞길을 가로막았다.

"크크크, 지지리도 운 없는 놈이군. 《어리석은 악마》."

알렉세이가 비웃음을 흘렸다.

"하필이면 《사성인》이 우연히 이 대성당에 전원 모인 타이밍에 쳐들어오더니…… 이들이야말로 《무구한 어둠》 님께서 힘을 내려주신 신도들 중에서도 특별히 강한 힘을 가지게 된 선택받은 자들이라는 것을 몰랐던 거냐!"

"아니, 하나씩 일일이 잡으러 다니는 게 귀찮았던 것뿐인데……."

"흥. 억지를 쓰는군."

그러는 사이에 대량의 신도들이 놓치지 않겠다는 듯 빈틈 없이 포위망을 펼치는 와중에 《사성인》이 글렌의 사방에 자리를 잡았다.

"호오? 옳거니. ……네놈, 어디서 배운 건지는 몰라도 우리와 비슷한 「힘」을 가진 모양이군?"

글렌의 정면에 선 남자가 말했다.

"훗. 그렇다면 무지한 네놈에게 가르침을 베풀어주마! 그게 바로 「마술」이라는 거다. 얼마 전까지만 해도 이 세상에서 부정당하고 실전됐던 진리의 힘이지!"

글렌의 뒤에 선 청년이 말했다.

"우후훗, 어쩐지 자신만만하다 싶더니…… 하지만 당신은 삼류야. 그거 알아? 당신의 마력은 우리 종파의 말단보다도 낮아. 가엾게도 재능이 없었나 보네."

글렌의 오른쪽에 선 여자가 말했다.

"당신도 조금이나마 마도에 적을 둔 인간이라면 눈치챘겠지요? 우리들, 선택받은 《사성인》과 당신의 절대적인 마력량의 차이를. 메울 수 없는 격차를."

글렌의 왼쪽에 선 소년이 말했다.

"풋내기들이 아까부터 시끄럽구만! 덤빌 거면 후딱 덤비기나 해!"

하지만 글렌이 짜증스럽게 일갈하자, 자신들의 힘에 절대적인 자신이 있는 《사성인》은 그 태도를 매우 못마땅하게 받아들였다.

"주제도 모르는 놈이…… 후회하게 해주지."

"멍청한 사람. 우리 개개인의 힘은 군의 일개 소대에 필적하는데 말이에요."

"바보는 구제할 도리가 없군요."

"크크크, 안심하시길. 우리를 거역하는 게 얼마나 큰 죄인지…… 어리석은 민중들에게 보여주기 위해서라도 당신의 시체는 최대한 처참한 상태로 남겨드리죠."

그리고 《사성인》은 글렌을 향해 왼손을 내밀고 일제히 주문을 영창했다.

"《홍련의 사자여·분노에 몸을 맡기고·사납게 울부짖어라》!"
"《사나운 뇌제여·극광의 섬창으로·꿰뚫어라》!"
"《백은의 빙랑이여·눈보라를 두르고·질주하라》!"
"《모여라 폭풍·철퇴가 되어서·때려눕혀라》!"

그러자 곧 마술이 발동하며 글렌을 향해 날아들었다.

초고열의 화염구가, 날카로운 번개의 창이, 극저온의 냉기와 고드름이, 강력한 바람의 포탄이 정확히 글렌의 몸에 명중했다.

그렇게 대폭발과 함께 굉음이 울려 퍼지자, 신도들이 환호성을 내질렀다.

"해치웠나. 그건 그렇고…… 후후, 너희들 너무 지나친 게 아닌가? 이래서야 먼지도 안 남았겠군."

알렉세이가 히죽거리자 곧 대량의 연기와 분진이 가라앉기 시작했다.

그리고 머지않아 그 중심에 서 있는 인간의 모습이 선명해졌다.

당연히 그 정체는 글렌이었다.

마술의 여파로 발생한 바람 때문에 넝마 같은 망토가 거칠게 나부끼고 있었지만, 본인에게는 상처 하나 없었다.

"어……."

"마, 말도 안 돼!"

"우, 우리의 마술을 정통으로 맞았는데 멀쩡하다고?!"

글렌은 경악한 표정으로 현실을 부정하는 알렉세이와 《사성인》을 내버려둔 채 어이가 없는 얼굴로 한숨을 내쉬었다.

"……뭐야 이게? 내 고향 세계의 신병만도 못한 수준이잖아. 뭐, 원래 마술이 존재하지 않는 세계에서 임시변통으로 익힌 거니 어쩔 수 없나……."

캉!

글렌은 화를 내며 《아르 칸》으로 바닥을 후려쳤다.

"빌어먹을! 이딴 애들 장난 수준의 마술 때문에 엉망이 된 이 세계와 무차별적으로 살해당한 이 세계의 인간들은 대체 무슨 죄냐고! 제기랄!"

그리고 도를 아무렇게나 옆으로 휘두른 순간.

《사성인》이 동시에 뭔가에 베여 쓰러졌다.

지금 글렌이 쓴 건 공간 조작과 양자 세계를 중첩시키는 마술이었다.

공간을 조작해서 상대와의 간격을 무시하고, 네 차례의 참격을 날리는 네 개의 가능성을 내포한 양자 평행 세계를 이 세계로 중첩시켜서 단 한 번의 칼질로 네 명을 벤 것처럼 보인 것이다.

'뭐, 리엘의 「빛의 검섬」에 비하면 별것 아니지만······.'

한편, 알렉세이와 신도들은 받은 충격은 별것 아닌 정도가 아니었다.

"히익?! 네, 네놈! 바, 방, 방금 대체 무슨 짓을 한 거지?!"

"이럴 수가. 《사성인》 님들이 단번에? 거, 거짓말이야!"

그들이 글렌의 마술을 이해할 수 있을 리 없었다.

그냥 단순히 마술사로서의 수준 차이가 압도적이었기 때문이다.

물론 글렌은 자세히 설명할 마음도 의리도 없었다.

무적의 《사성인》이 싱겁게 죽어버린 현실을 마주하고 극심한 공황 상태에 빠진 신도들은 정신없이 출구를 향해 달아나고 있었다.

하지만 글렌은 그런 그들을 완전히 무시하고 알렉세이에게 걸음을 옮겼다.

겁에 질려서 소스라치게 떨고 있는 그의 멱살을 잡아들고 노려보았다.

"히, 히이이이이이이이이이익?!"

"야, 너. 내 질문에 대답해. 잘 들어. 바보 같은 너희들이 기꺼이 숭배하는 무구한 어둠은 지금 어디에 있지? 뭘 꾸미고 있는 거야. 그 자식이 진심으로 숨어버리면 나로선 도저히 찾을 수가 없다고."

"그, 그걸 알아서 어쩔 셈이지?"

"당연히 잡아 죽여버려야지! 너희가 지금 무슨 짓을 하는 건지 알기는 해? 너희 같은 머저리들이 그놈을 따르면 따를수록 이 세계는 멸망에 가까워진다고! 내가 그걸 막겠다는 거니까 아는 게 있으면 아무거나 실토해!"

"우, 우우, 웃기지 마! 누, 누가 너 같은 어리석은 놈에게 주님이 계신 곳과 위대한 뜻을 알려줄까 보냐!"

물론 글렌은 고분고분하게 실토할 거라고 생각하지 않았다.

질문은 어디까지나 형식적인 것에 불과했다.

처음부터 알렉세이의 속내를 직접 파헤쳐서 들여다볼 생각이었고, 실제로 알고 싶은 정보는 이미 손에 넣은 뒤였다.

제대로 된 정신 방어 마술을 익히지 못한 인간의 정신을 들여다보는 건 지금의 글렌에겐 식은 죽 먹기나 다름없었다.

그러나…….

"……뭐?"

글렌은 경악하다 못해 아연실색할 수밖에 없었다.

알렉세이나 신도들이 문제가 아니었다. 애초에 저것들은 진심으로 상대할 가치도 없는 잔챙이들이다.

하지만 그런 그들을 배후에서 조종하고 있던 건 바로 궁극의 트릭스터 《무구한 어둠》.

이번 세계에서도 이미 놈의 손바닥 위에서 춤추고 있었다는 사실을 알게 되었기 때문이다.

"망할!"

글렌은 알렉세이를 밀쳐버리고 작게 주문을 외어 허공에 문을 열었다.

그리고 공간을 넘어 어딘가로 이동했다.

―――.

"제길…… 어떻게, 어떻게 이런 엿같은 생각을!"

무한한 별들이 세찬 물결처럼 뒤로 흘러가는 와중에 글렌은 이를 악물며 욕설을 내뱉었다.

《무구한 어둠》이 이 세계에 저지르려는 짓. 멸망 방침.

그것은 바로 외우주와 이 세계를 나누는 「존재의 벽」을 제거하는 것이었다.

다시 말해, 이 세계를 외우주의 역겹고 모독적인 괴물들과 사신들에게 무방비로 노출시키겠다는 뜻이다.

그렇게 되면 이 세계를 기다리고 있는 건 공포와 절망뿐이다.

「존재의 벽」이 사라진 순간부터 이 세계의 인간들은 두 번 다시 평화와 안식을 찾을 수 없게 된다. 인간의 힘으로는 절대로 항거할 수 없는 상위존재인 괴물들의 눈을 피해 숨죽여 살 수밖에 없는 운명만이 기다릴 터.

이건 차라리 어느 세계처럼 핵융합 반응을 이용한 물리병기로 단숨에 멸망하는 편이 나은 수준이다.

게다가 아무리 지금의 글렌이라고 해도 이 넓은 세계에서 위험에 노출된 인간들을 일일이 구하고 다니는 건 한계가 있었다.

'그리고 그 의식이 치러지는 장소와 시간은…… 제길, 늦지 마라. 제발……!'

글렌은 자신이 신의 말석이라는 사실조차 잊은 채 속으로 신에게 기도를 올리며 공간을 도약해 목적지로 서둘렀다.

———.

———.

———.

그날. 그때. 그곳에서.
나는 운명과 만났다.

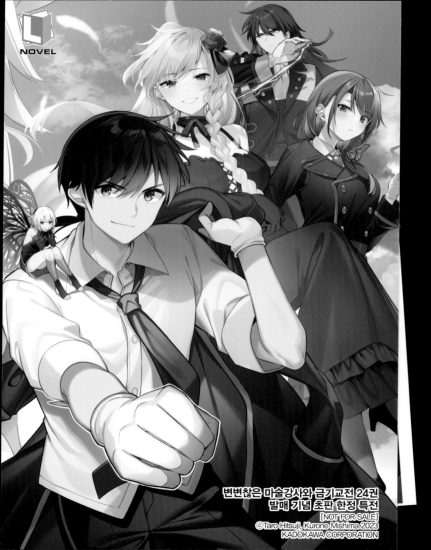

아주 위대하고.

아주 선량하고.

아주 긍지 높고.

참으로 눈부신.

————.

―꺄하하하하하하하하하하하! 꺄아하하하하하하하하하하!

　귀가 썩어 문드러질 것 같은 더러운 미성으로 이루어진
웃음소리가 끝없이 울려 퍼졌다.
　붉다. 모든 게 붉었다.
　새빨간 하늘. 새빨간 대지.
　그토록 순박하고 아름다웠던 마을이 산산이 파괴되고 갈
갈이 찢겨진 채 불타고 있었다.
　모든 게 불에 타들어가고 있었다.
　그런 세상의 종말 한복판에서 **난** 힘없이 누워 있었다.
　이 마을의 상징이었지만, 지금은 부서진 『정의의 여신』상
의 잔해에 안긴 채 누워 하늘을 올려다보았다.

불타오르는 하늘 한복판에는 인간의 모습을 한 「무언가」
가 있었다.

이 파멸하는 세계를 만들어낸 「무언가」가.

저 「무언가」는 별안간 아득히 먼 하늘 위에서 출현했다.

나로서는 잘 알 수 없었지만, 저 「무언가」가 하늘에서 「뭔가」
를 했고…… 그 순간부터 내 세계는, 상식은 종말을 고했다.

무슨 일이 일어난 건지 전혀 알 수 없었다.

정신을 차리고 보니 어제까지 평화로웠던 내 고향은 어느
새 이 모양 이 꼴이 되어 있었다.

'……저건 대체 뭐지?'

분명 인간의 형태를 하고 있기는 했다. 언뜻 보기엔 아름
답고 가련한 소녀다.

하지만 그 모습이 계속 초단위로 변화하고 있었으며 이형
의 촉수와 발톱과 혼돈이 소용돌이치는 얼굴로 이루어진
저것의 진실된 모습은 아무리 뚫어지게 쳐다봐도 내가 이해
하거나 인식할 수 있는 영역의 것이 아니었다.

그리고 보고 있기만 해도 정신이 망가지고 있다는 걸 알
수 있었다. 마음이 무너져내리고 있다는 걸 알 수 있었다.

그럼에도 난 저 「무언가」로부터 눈을 뗄 수 없었다.

이런 우리의 꼬락서니를 보고 비웃고 있는 저 「무언가」의 모
습을 난 의식이 몽롱한 상태에서도 내 영혼에 새기려 했다.

'저건…… 분명…… 「사악한 존재」야.'

나는 막연히 생각했다.

분명 이 세계의 인간이 범접할 수 없는 하늘의 영역에는 우리들 인간의 근본적인 적인 「진정으로 사악한 존재」가 있었던 것이리라.

이유 같은 건 없었다. 처음부터 그런 존재인 순도 백 퍼센트의 악.

심연의 밑바닥이 극한까지 응축된 악.

저 「무언가」가 분명 그것이다.

그게 아니라면 저 「무언가」를 설명할 방법이 없었다.

저 「무언가」는 이 우스꽝스러운 우리를 보고 지금도 실컷 웃고 있지만, 그건 하등한 존재를 멸시하는 것도, 괴로워하는 모습을 보고 기뻐하는 것도 아니었다.

사랑이 있기에 내려주는 축복의 웃음이었다.

괴로움에 몸부림치다 죽는 걸 축하한다는 웃음인 것이다.

그런 게.

그런 게 「사악한 존재」가 아니면 대체 뭐지?

'하지만…… 이젠 아무래도 상관없나…….'

나는 죽어가고 있는 마음속으로 생각했다.

모두 죽었다. 죽어버렸다.

정의를 관철하는 올바른 사람이 되라고 가르쳐준 아버지도.

누군가의 힘이 되는 상냥한 사람이 되라고 가르쳐준 어머니도.

나를 잘 따르던 귀여운 여동생도.

친구들도. 이웃들도. 얼굴만 아는 사람들도. 모두, 죽었다.

모두 더는 누가 누군지 알아볼 수 없는 살 조각이 된 채 주위에 흩뿌려져 있었다.

내 몸이 그나마 멀쩡한 건 그저 운이 좋았을 뿐이다.

하지만 이젠 아무래도 좋았다.

모두가 죽는 것과 동시에, 세계가 끝나버린 것과 동시에 내 마음도 죽어갔다.

나도 이제 곧 죽는다. 무서울 정도로 피가 멎지 않았다.

점점 몸이 차가워지고 정신이 아득해졌다.

하늘에 떠 있는 「무언가」의 주위에는 무수히 많은 틈새 같은 것이 있었고, 거기에서 여러 종류의 심해어를 억지로 뒤섞은 것처럼 이해할 수 없는 부정형의 역겨운 괴물이 이쪽 세계로 뚝뚝 흘러내리고 있었다.

듣고 있기만 해도 귀가 썩을 것 같은 괴성을 지르고 이와 발톱을 딱딱거리는 모독적인 괴물들이 이 세계에 산성을 올리며 준동하기 시작했다.

이미 손가락 하나 까딱할 수 없는 나를 향해 다가오고 있었다.

하지만.

이젠 아무래도 상관없었다.

……진심으로.

마지막으로 그런 생각을 하며 이성과 의식을 놔버리려고 한 바로 그 순간.

나는 보았다.

절대적인 「정의」를.

"우오오오오오오오오오오오오오오오오오오오오오오오오 오오오!"

정말로 갑작스러운 일이었다.

그 사람은 내가 올려다보는 앞에서 하늘을 가르고 강림했다.

"《무구한 어둠》! 너 이 자식! 잘도 이런 짓으으으으으으 으으으으을!"

—꺄하하하하하하하하하하하! 많이 지각하셨네요? 선생님. 쿡쿡쿡쿡쿡…… 난 이미 제 귀여운 신도분들이 열심히 모은 산 제물을 써서 목적을 달성했답니다~? 전 세계의 사람들에게 외우주적 공포를 프레젠트! 누구나가 스릴 있고 익사이팅하고 죽음과 재가 맞닿은 청춘의 나날을 즐길 수 있는 신감각 신세계의 탄생이죠! 어떤가요? 제 이번 취향은? 재밌어 보이지 않나요?

"너……! 어디서 감히……!"

하늘에서 강림한 **그 사람**은 크게 화를 내며 무기를 **빼들**고 불타오르는 하늘을 무대로 저 진정으로 「사악한 존재」와 싸우기 시작했다.

처절했다. 천지개벽의 순간을 보는 것 같았다.

마치 그림책이나 희곡이나 소설이나 신화에서 나올 법한 그 광경은.

끝없이 강대한 공포와 절망에 맞서는 그 사람의 모습은.

가족을 잃은 슬픔도.

이웃을 잃은 슬픔도.

벗을 잃은 슬픔도.

조국을, 세계를 잃은 슬픔조차.

나 자신을 잃은 것조차 잊게 해주었다.

저 신화처럼 아름다운 싸움이 내 마음을 사로잡았다.

저 구역질나는 역겹고 심해 밑바닥처럼 어두운 혼돈의 절망 앞에서 단 한 걸음도 물러서지 않고 싸우는 그 사람의 뒷모습이— 눈물 날 정도로 아름다웠다.

—어라라? 꽤 약해지셨네요~? 역시 슬슬 「한계」인 건가요? 하나, 둘, 빵야!

"큭?! 으으으으으으으으으으으으으으으으으으으윽!"

「사악한 존재」가 휘두른 촉수에 맞고 튕겨날아간 **그 사람**은 공중에서 회전하며 자세를 고치고 우연히 내 옆에 착지했다.

내 시야에서 펄럭이는 너덜너덜한 망토.

그 사람의 차림새와 옆얼굴은 내 기억 속에 있는 인물이었다.

"혀, 형은 그때 그……?"

"넌 설마……?!."

그제야 비로소 내 존재를 인식한 형이 이쪽을 돌아보았다.

그리고 보고 있는 내가 불쌍하다는 생각이 들 정도로 미안한 표정으로 눈을 내리깔고 말했다.

"미안. 정말 미안하다. **이렇게** 된 건…… 전부 내 책임이야."

그렇게 말한 형은 등을 돌리고 하늘을 올려다보았다.

하늘 위에서 웃고 있는 「사악한 존재」를 똑바로 응시했다.

절대로 저것에게는 굴하지 않겠다는.

반드시 해치우겠다는.

결코 용서하지 않겠다는.

흔들림 없는 의지와 결의를 등에 짊어진 채 「사악한 존재」와 대치했다.

그런 형에게 난 묻지 않을 수 없었다.

"형은…… 대체 누구야? 정체가 뭐야?"

그러자 형은 시원스럽게 대답했다.

"전에도 말했지? 난…… 「정의의 마법사」야."

그때, 난 깨달았다. 머리가 아닌 영혼으로 이해했다.
이 세계에 순도 백 퍼센트의 「악」이 존재한다면.
그 대칭점인 절대적인 「정의」도 존재한다는 사실을 난 이
순간 깨닫고 만 것이다.

"아무튼 잘 만났나! 넌 여기서 내가 반드시 해치워주지!"
─아하하하하하하하! 그 대사, 벌써 몇백만 번째죠? 뭐,
아무렴 어때. 할 수 있다면 어디 해보시든가~!

그런 말을 주고받은 「정의」와 「악」이 다시 하늘에서 싸우
기 시작했다.
솔직히 난 대체 무슨 일이 일어나고 있는지 전혀 알 수 없
었다. 이해할 수 없었다.
그저 저 둘이 부딪힐 때마다 하늘이 명멸하고, 대기가 흔
들리고, 땅이 비명을 지른다는 것만 알 수 있었다.
머리로는 조금도 이해할 수 없었지만, 어째선지 내 「눈」만

은 저 둘의 싸움을 이해했다.

　그렇게 나는 형이 싸우는 모습을, 그 뒷모습을 뭔가에 씐 것처럼 정신없이 지켜보았다.

　언제까지고.

　언제까지고—.

제4장 붕괴한 세계에서

그때 그 마을 사람들을 지배하고 있던 건 공포와 절망뿐이었다.

"히이이이이이이이익?!"
"싫어! 안 돼애애애애애애애애애애!"
"사, 사람 살려!"

비명이 난무하는 변경의 한 마을에서 사람들이 도망치고 있었다.

그리고 하늘을 나는 수많은 괴물이 그런 그들을 무자비하게 쫓고 있었다.

애들 정도 크기의 그 괴물은 언뜻 보기엔 갑각류처럼 생겼지만, 소라 같은 타원형 머리에는 돌기물이 몇 개나 달려 있었고 여러 개의 팔다리에는 갈고리발톱이 달려 있었으며 등에는 박쥐 같은 한 쌍의 날개가 달려 있어서 완전히 물리법칙을 무시한 듯한 움직임으로 하늘을 자유자재로 날아다니고 있었다.

그냥 쳐다보기만 해도 이성이 마모될 것 같은 이 기괴한 괴물은 그 「대재앙」의 날 이후로 이 세계에 모습을 보이게 된 괴물 중 하나였다.

　어째선지 주로 인간의 뇌를 적출해서 유리 용기에 보관해 어딘가로 가져가는 이해할 수 없는 습성을 가진 진짜 괴물이었다.

　"꺄악!"

　도망치는 게 늦은 소녀가 다리를 접질려서 넘어졌다.

　당연히 괴물들은 그 모습을 놓치지 않았다.

　오늘 사냥감이 정해졌다는 듯 일제히 소녀를 향해 쇄도했다.

　"시, 시, 싫어……! 누, 누가 저 좀 구해주세요오오오오오오!"

　단숨에 괴물들에게 포위된 소녀가 엉망이 된 얼굴로 울면서 도움을 요청했다.

　하지만 도우러 와주는 이는 아무도 없었다.

　모두 자기 목숨이라도 건지기 위해 도망치느라 바빴기 때문이다.

　"히, 히익……?!"

　겁에 질려 주저앉은 소녀를 향해 마치 레코드를 역재생한 것처럼 의미를 알 수 없는 괴성을 지르던 괴물들이 발톱을 세우고 하강한 순간.

서걱!

별안간 소녀의 주위에 수없이 많은 검광이 번뜩이더니 괴물들을 모조리 베어버렸다.

"……?!"

소녀가 놀라서 퍼뜩 고개를 들자, 어느새 한 청년이 옆에 서 있었다.

넝마 같은 망토를 두르고 오른손에 칼을 쥔 청년이었다.

"물러나 있어."

소녀의 시선 앞에서 청년, 글렌은 플린트락 피스톨을 뽑아들었다.

그리고 뭔가 주문을 외워서 그 권총에 마력을 모아 하늘을 향해 발포하자, 거대한 총성과 함께 대구경 총구에서 사출된 탄환이 초고열의 화염을 두른 채 마을을 이리저리 누비고 다니며 마을을 습격한 괴물들을 마치 날파리처럼 모조리 관통하고 불태우고 터트려 버렸다.

"히, 히익……?!"

그 이해할 수 없는 현상에 소녀는 그저 기겁할 수밖에 없었다.

곧이어 상황이 종결되자 이 마을에서 살아 움직이는 괴물은 단 한 마리도 남지 않았다.

"……끝났나."

숨을 내쉬고 무기를 거둔 순간.

"……윽! 쿨럭! 콜록!"

글렌은 갑자기 치밀어오는 기침에 몸을 비틀거리며 입을 틀어막았다.

그렇게 잠시 심한 기침을 한 글렌은 머리를 흔들어 기분을 정리한 후 바로 옆에 주저앉아 있는 소녀를 향해 왼손을 내밀었다.

"……괜찮아? 다친 데는 없고?"

"……!"

하지만 소녀는 몸을 움찔거리더니 새파랗게 질린 얼굴로 어깨만 덜덜 떨었다.

그리고 절대로 이쪽을 쳐다보려고도 하지 않았다.

"……미안."

글렌은 잠시 씁쓸하게 웃다가 내민 손을 거두었다.

주위를 둘러보지 않아도 알 수 있었다.

지금도 이 마을 사람들이 멀리서 이쪽을 바라보고 있지만, 거기서 고마워하는 감정은 느껴지지 않았다.

아마 다들 이 소녀와 비슷한 눈을 하고 있으리라.

"안심해. 난 바로 이 마을을 떠날 거니까. 아무 짓도 하지 않을 테니 걱정하지 마."

"……."

소녀는 떨면서 고개를 숙일 뿐 아무 대답도 하지 않았다.

마치 자신과 말을 섞는 것조차 두려운 것처럼.

"……."

머리를 긁적인 글렌은 어깨를 으쓱인 후 발걸음을 돌렸다.

수많은 두려움에 찬 시선이 등에 닿는 것을 불편하게 느끼며 마을 입구를 향해 걸어갔다.

"……아, 이런. 맞아. 깜빡했네."

하지만 곧 뭔가를 떠올린 듯 고개를 돌리자, 싸늘한 긴장감이 감돌았다.

지금 이 상황에서 이런 말을 하는 건 협박이나 다름없다는 걸 자각하고 있기에 미안한 마음으로 손을 합장하고 굳어 있는 마을 사람들에게 애원했다.

"세상이 이 모양 이 꼴이니 너희도 사는 게 참 힘들겠지만…… 아주 조금만이라도 좋으니 식량 좀 나눠주면 안 될까?"

———.

마을을 떠나서 한동안 걷자, 해가 저물 무렵 나무가 군데군데 자란 황무지 한복판에 있는 지붕이 무너진 작은 폐가가 눈에 들어왔다.

안에서 새어 나오는 가느다란 모닥불의 불빛이 어둠의 장막 한편을 거두는 저곳이 바로 글렌의 야영지였다.

"나 왔다, 저스틴."

"……어서 와, 스승님."

글렌이 돌아오자 한 소년, 저스틴이 맞이했다.

저스틴은 이 세계의 모든 것이 바뀌어버린 그 「대재앙」의 날, 글렌이 어느 마을에서 구해낸 유일한 인간이자 여행길 동무였다. 어느 날 갑자기 의지할 사람이 전부 사라진 어린 소년을 그대로 내버려둘 수 없어서 데리고 다니다 보니 어느새 지금 이 상황에 이른 것이다.

하지만 오늘따라 왠지 표정이 어두운 저스틴에게 글렌은 일부러 밝은 목소리를 내서 말했다.

"이야~ 이번에도 나 진짜 쩔어줬거든? 「정의의 마법사」인 이 몸께서 사악한 괴물들을 요렇게 저렇게 팍팍 죄다 해치워버리니까 마을 사람들의 반응이 아주 그냥! 크흐흐, 여자애들이 내 품에 안겨서 제발 가지 말아주세요~ 하고 애원하니 거참 난감하더라고. 뭐, 그대로 머물면서 하렘 생활을 만끽하는 것도 나쁘진 않았겠지만…… 너도 알다시피 이 세계에는 아직 내 힘을 필요로 하는 사람들이 잔뜩 있잖아? 그래서 눈물을 머금고 사양했지."

"……."

"뭐, 그 대신 이것만이라도 가져가 달라고 사정하길래 적지만 식량 좀 받아왔어. 이거면 한동안 버티겠지?"

그렇게 말한 글렌이 등에 멘 배낭을 내린 순간.

"스승님, 내가 그렇게 바보로 보여?"

저스틴이 약간 화가 난 눈으로 말했다.

"감사? 저 인간들이 스승님한테? 거짓말. 저 마을 사람들은 스승님한테 조금도 고마워하지 않았어. 하나같이 스승님을 두려워하며 당장 나가달라는 시선을 보냈잖아. 나도 다 알아."

"⋯⋯."

글렌은 배낭을 내린 자세로 잠시 굳어있을 수밖에 없었다.

"이거 참⋯⋯ 원견 마술을 너무 일찍 가르쳤나."

하지만 곧 쓴웃음을 흘리며 어깨를 으쓱였다.

"뭐, 신경 쓰지 마. 아무튼 이걸로 이 주변 일대의 괴물 청소는 끝났어. 한동안 괜찮을 테니 내일부터는 다른 지역으로 이동하자. 아침 일찍 출발할 거니까 넌 슬슬 밥 먹고 잠이나⋯⋯."

"스승님!"

그리고 이 화제를 대충 넘기려 했지만, 저스틴은 아니었다.

"스승님은 아무렇지도 않아? 분하지도 않아? 난 알아! 스승님은 그 대재앙의 날⋯⋯ 그 「사악한 존재」의 공격에서 괜히 날 감싸느라 다쳐서 지금 몸이 엄청 안 좋다는걸! 그때 입은 부상이 근본적으로는 전혀 낫지 않았다는 것도! 난 보면 대충 안다구!"

"이거 참⋯⋯ 진짜 눈도 좋구만. 곤란한걸."

"지금 스승님은 마술을 쓰기만 해도 엄청나게 괴롭잖아.

"……그런데도 사람들을 위해 억지로 참아가며 애쓰고 있는데…… 저딴 취급이나 받고…… 스승님은 정말 이래도 괜찮은 거야? 분하지도 않아? 슬프지도 않아?"

"뭐, 굳이 말하자면 좀 쓸쓸하긴 해."

글렌은 분노에 몸을 떠는 저스틴의 머리에 손을 얹고 미소 지었다.

"하지만 누가 날 어떻게 생각하든 상관없어. 내가 이 세계의 인간을 지키는 건…… 싸우는 건…… 내 의무니까. 내가 해야 할 유일한 일이니까. 내가 싸움을 멈추지 않으면, 걸음을 멈추지 않으면 내 고향 세계의 소중한 사람들을 지킬 수 있어. 난 그거면 충분해."

"이젠, 얼굴도 잘 기억나지 않는 사람들인데도?"

"응, 그래도 상관없어. 난 계속 나아갈 거야. 여태까지도, 앞으로도. 그렇게 결심했어."

"……그건 너무 괴롭고 고독한 삶이잖아."

"그건 네가 신경 쓸 일이 아니야. 그래도 걱정해준 건 고맙다."

그렇게 말한 글렌은 모닥불 앞에 앉아 마술무장을 손질하기 시작했다.

역시 몸이 안 좋은 건지 가끔 기침을 하면서.

묵묵히 작업하는 글렌과 모닥불을 사이에 둔 저스틴은 쪼그려 앉은 채 무릎을 감싸 안았다.

그리고 작게 튀는 소리를 내며 일렁이는 불을 멍하니 쳐다보며 조용히 입을 열었다.

"만약…… 내가 어른이 돼서…… 스승님처럼 굉장한 마술사가 되면…… 스승님 같은 「정의의 마법사」가 되면…… 그때는…….""

"응? 방금 뭐라고 한 거야? 저스틴."

"으응, 아무것도 아냐. 나 슬슬 잘게. 스승님도 잘 자."

"그래, 잘 자라."

이렇게 둘만의 밤은 서서히 저물어갔다.

─────.

「대재앙」.

그것은 어느 날 이 세계를 엎친 인류사 최대의 비극이었다.

《무구한 어둠》이 이 세계의 「존재의 벽」을 파괴한 그날 이후로 이 세계에는 외우주의 괴물들이 마음껏 활개치기 시작했다.

그리고 이따금씩 이 세계를 찾아오는 다양한 사신과 옛 지배자들을 막기 위해 글렌도 나름 분전했으나 그 혼자 감당하기에 이 세계는 너무 넓었다.

그렇게 이 세계는 어느새 예전 모습을 조금도 찾아볼 수 없는 상태가 되어버리고 말았다.

일단 국가가 기능을 정지했다. 나라라는 개념이 사라지고 말았다.

인간은 외우주의 괴물의 시선을 피하기 위해 마을 단위의 작은 커뮤니티를 형성해서 그야말로 죽은 것처럼 살 수밖에 없었다.

인간이 한자리에 너무 많이 모여 살면 반드시 괴물들의 표적이 되기 때문이다.

마술을 모르는 일반인은 외우주의 괴물에게 대항할 수단이 전무하니 이것도 어쩔 수 없는 일이었다.

따라서 결과적으로 생산력과 경제활동이 참담할 정도로 급감했고 생활 수준과 문화 수준과 기술 수준은 점점 쇠퇴할 수밖에 없었다.

시대적으로는 근대인데도 실상은 중세 이하다.

세계 인구도 경악스러운 정도로 급감했다.

논밭이 엉망이 되고, 방치된 유령도시가 나날이 폭증하는 이 세계는 누가 봐도 멸망을 향해 일직선으로 나아가고 있었다.

이 상황을 역전할 방법은 단 하나.

이 세계의 하늘에 외우주로 연결되는 구멍을 뚫는 대의식 마술을 쓴 《무구한 어둠》을 격파하고 그 의식을 해제하는 것.

그것이 이 세계를 정상으로 되돌릴 유일한 방법이었다.

글렌은 부상으로 인해 전처럼 마술을 쓸 수 없게 된 몸을 이끌고 이 세계를 정처 없이 헤맸다.

《무구한 어둠》의 행방을 쫓아 동으로 서로 방랑을 계속했다.

하다못해 자신의 손이 닿는 곳에 있는 사람들을 구하면서 《무구한 어둠》을 찾아다녔다.

하지만 그날 이후로 《무구한 어둠》은 완전히 종적을 감추었다.

하늘에 뚫린 구멍의 존재가 《무구한 어둠》이 아직 이 세계 어딘가에 숨어 있다는 사실을 증명했지만, 글렌의 마술로도 어디에 숨어 있는지는 전혀 알 수 없었다.

하지만, 그럼에도.

글렌은 《무구한 어둠》을 찾는 것을 멈추지 않았다.

————.

"나가!"

차가운 목소리와 함께 날카로운 충격이 글렌의 머리를 엄습했다.

누군가가 던진 돌에 맞은 것이다.

물론 지금의 글렌은 아프지도 간지럽지도 않았다.

고통스러운 건 오히려 정신 쪽이었다.

이건 여행 도중 글렌이 물자 보급을 위해 우연히 들른 변경의 마을에서 있었던 일이다.

글렌과 저스틴이 도착했을 때 마침 마을은 괴물들의 습격을 받고 있었고, 글렌은 가타부타할 것 없이 마을 사람들을 지키기 위해 아픈 몸을 이끌고 마술을 써서 싸웠다.

하지만 상황이 정리된 후, 생명의 은인인 글렌에게 돌아온 건 이런 대응이었다.

"나가, 이 괴물!"

"그래! 당장 나가!"

"너도 저놈들이랑 똑같은 괴물이야!"

"맞아! 나가!"

"나가!", "나가버려!", "나가라고!", "제발 나가줘!"

""""나가!""""

괭이나 가래나 쇠스랑 같은 농기구를 손에 들고 글렌을 포위한 마을 사람들의 얼굴이야말로 괴물 같았다.

글렌은 솔직히 어쩔 수 없다고 생각했다.

매일 괴물들에게 습격당할지도 모른다는 공포 속에서, 간신히 목숨만 부지하고 살아가며 미래에 대한 희망도 없이 그저 무겁고 어두운 절망만이 눈앞을 가리고 있는 이 상황에서 누구나가 정신적인 한계에 내몰려 있었다.

그런 그들에게 마술이라는 기묘한 힘을 써서 괴물을 해치운 자신은 그야말로 괴물로밖에 보이지 않았으리라.

"우, 우린 알고 있다고! 《어리석은 악마》!"
"그래, 맞아! 네가 그 대재앙을 일으킨 원흉이라며?"
"응! 나도 그 소문 들었어!"
"이 세계를 이 꼴로 만든 주제에 괴물을 죽여서 은혜를 입히려고? ……우린 절대 안 속아!"
"뭐 저런 놈이 다 있지?! 넌 괴물이야! 괴물이라고!"

더군다나 구해준 사람들에게 이런 말까지 들으니 솔직히 정신적으로 충격이 컸다.
'어쩔 수 없지. 어쩌겠어.'
글렌은 속으로 탄식했다.
'……다들 괴로운 거야. 다들 두렵고 힘들어서 누군가의 탓으로 돌리지 않으면 버틸 수 없는 거겠지. 그러니 어쩔 수 없어. ……따지고 보면 완전히 틀린 말도 아니고. 내가 《무구한 어둠》을 막지 못해서 이런 꼴이 된 거잖아.'
거기까지 생각한 글렌이 이 마을에서 여행에 필요한 물자를 얻는 건 어렵겠다는 결론을 내리고 그대로 발걸음을 돌려 떠나려 한 순간.

"웃기지 마!"

누군가가 마을 사람들을 향해 소리쳤다..

글렌과 마을 사람들의 시선이 일제히 한곳으로 모였다.

그곳에 있던 건, 저스틴이었다.

저스틴은 글렌에게 달려오더니 마을 사람들의 시선으로부터 지키려는 듯 양팔을 펼치며 앞을 가로막았다.

"야, 저스틴. 너, 마을 밖에서 기다리라고……."

"소문?! 《어리석은 악마》?! 그딴 게 다 뭐야, 이 멍청이들!"

저스틴은 글렌의 말을 무시하고 온 힘을 다해 마을 사람들을 비난했다.

"스승님이 어떤 심정으로 모두를 지키기 위해 싸우는 건지 아무것도 모르면서! 싸우면 싸울수록 악화되는 몸을 끌고 얼마나 괴로워하며 싸우는지 아무것도 모르면서! 그런 스승님이 뭐? 악마? 그런 스승님 덕분에 살았으면서 감사 한마디도 못 해? 너희가 그러고도 어른이야?! 진짜 괴물이 누구인데! 너희들이야! 괴물은 너희들이라고!"

아직 순수한 어린아이였기에 저스틴은 어른들의 모순을 정곡으로 찌를 수 있었다.

그들의 글렌에 대한 불만과 편견은 공포, 괴로움, 절망, 무력감, 폐쇄감 같은 자기들만으로는 해소할 수 없는 감정을 발산하기 위한 대의명분에 지나지 않았다.

그냥 그런 걸로 해두면 거리낌 없이 글렌을 규탄하고 비난할 수 있으니까. 어떤 의미로는 마녀사냥과 다를 바 없는 것이다.

하지만 저스틴은 그런 어른들의 암묵적인 동의를 정면에서 깨부쉈다.

어른들이 남들에게 감추고 싶어 하는 한심함과 나약함을 대놓고 지적하며 들춰낸 것이다.

"다, 닥쳐어어어어어어어어어어어어어어어어어어어!"

그러니 잠시나마 마음을 의지했던 핑계를 잃은 마을 사람들은 오히려 이성을 잃고 분노할 수밖에 없었다.

농기구를 들고 저 시끄러운 꼬맹이의 입을 다물게 하기 위해 적반하장으로 달려들었다.

"……히익?!"

처음으로 인간의 진짜 악의와 살의를 마주한 저스틴은 반사적으로 몸을 움츠리며 굳어버릴 수밖에 없었고 농기구의 날카로운 날붙이가 사방에서 날아든 순간.

철컥!

회중시계의 용두를 누르는 소리가 이상할 정도로 크게 들린 후.

농기구를 마구잡이로 휘두른 마을 사람들의 눈앞에선 어느새 겁에 질린 소년의 모습이 사라져 있었다.

"""……?!"""

마을 사람들은 눈을 부릅떴다.

심지어 글렌의 모습도 홀연히 사라져 있었다.

이해를 초월한 신비한 현상을 목격한 마을 사람들은 간담이 서늘해졌다.

"……아, 악마다. 역시 그놈들은 악마의 화신이었던 게야!"

"오, 오, 오오…… 세상에, 세상에…… 어떻게 이런 일이……!"

"구, 구원을…… 길을 잃은 우리에게 구원을……!"

"주여…… 위대한 주님…… 《무구한 어둠》 님이시여…… 저희를 가엾이 여기소서……."

―――.

"……미안, 스승님."

마을에서 멀리 떨어진 숲속에 지은 야영지에서 저스틴은 무릎을 끌어안은 채 모닥불을 바라보며 사과했다.

"콜록! 콜록! ……왜 네가 사과하는데?"

모닥불에 등을 대고 모포를 덮은 채 누워 있던 글렌이 대답했다.

요즘 들어서 글렌은 갑자기 몸 상태가 나빠진 건지 한가할 때는 이렇게 누워 있는 게 보통이었다.

"그치만, 우리 세계의 인간들은 아무것도 모르는걸. 스승님이 이렇게 열심히 우리를 위해 싸워주고 있는데……."

"전부터 말했지? 난 날 위해 싸우는 거니까 상관없다고."

"그리고…… 스승님이 쓸데없이 또 마술을 쓰게 만든 것도 미안."

"쓸데없기는 뭐가 쓸데없어. 널 구하려고 쓴 건데."

글렌은 몸을 일으켜서 저스틴을 쳐다보았다.

그 손에는 과거에 글렌의 쓰던 것과 똑같은 회중시계가 들려 있었다.

"아니야. ……스승님은 원래 혼자였잖아. 스승님은 자기 목적을 위해서라고 말하지만 만약 혼자였다면 아까처럼 괜히 사람과 엮일 필요는 없었어. 후딱 구해버리고 그대로 떠나버리면 그만이니까. 스승님이 아까처럼 원망을 받고, 미움받고, 욕을 들으면서도 일부러 사람들이랑 엮이려고 하는 건…… 나 때문이잖아?"

"……."

글렌은 입을 다물 수밖에 없었다.

저스틴의 말이 어떤 의미로는 사실이었기 때문이다.

글렌은 이미 식사와 수면을 극복한 몸이지만, 저스틴은 아니었다.

그래서 물이나 식량 같은 생활필수품이 필요했다.

지금처럼 완전히 황폐해진 세계에서는 자연계에서 얻을 수 있는 식량도 한정적이다.

그렇다고 아무리 신에 가까운 마술을 익혔다 한들 마술의 기본은 등가교환이고 에너지 보존법칙을 벗어날 수 없다.

무에서 유를 창조하는 건 불가능하다. 그건 신조차 거스를 수 없는 절대적인 법칙이다.

그래서 이 세계에서 아무도 의지할 데가 없는 저스틴을 살리려면 당연히 인간과 엮일 수밖에 없었던 것이다.

"그러고 보면…… 그렇게 강한 스승님이 아직도 낫지 않는 부상 때문에 계속 골골대는 것도…… 원래 그 「사악한 존재」의 공격에서 날 감싼 탓이었는데…… 역시 난 짐 덩어리인 걸까……."

저스틴이 계속 침울해하자 글렌은 가볍게 웃어넘겼다.

"바보. 그럴 리 있겠냐"

"거짓말."

"거짓말 아니거든?"

글렌은 모닥불 너머로 고개를 숙인 저스틴을 응시했다.

"오히려 난 말이야. ……네 덕을 보고 있어."

"내가…… 스승님을……?"

"그래. 솔직히 불변을 맹세하고 영원히 싸우기로 결심했어도, 역시 괴로운 건 괴롭거든. 그건 부정 못 해. 거기다 지키려고 한 놈들이 그딴 식으로 함부로 지껄여대면 그야 나도 빡칠 때가 있지. 그냥 이런 세계 따윈 어떻게 되든 상관없다는 생각이 들 때도 가끔 있고. 그래도…… 네가 있으니까. 여기가 네 세계니까. 그래서 어떻게든 해주고 싶은 거야. 그래서 난 아직 참고 싸울 수 있는 거고. 그러니…… 네가 짐이 된다는 생각은 이제 두 번 다시 하지 마라."

"스, 스승님……."

눈을 깜빡이는 저스틴 앞에서 글렌은 자리에서 일어나 기지개를 켰다.

"나 원…… 어린애 주제에 남 걱정은. 건방지게 굴었으니 벌이나 좀 줘볼까."

그리고 숲속을 향해 걸어갔다.

"스승님?"

"따라 와, 저스틴. 오랜만에 마술 좀 봐줄게."

"어? 진짜?!"

그러자 저스틴의 얼굴이 아이답게 확 밝아졌다.

"그래. 그러고 보니 요즘 싸우거나 이동하느라 바빠서 스승다운 일은 하나도 못 해줬으니 말이야."

"그, 그치만…… 스승님은 지금 몸이……."

"또 또 건방진 소릴. 내 몸은 내가 더 잘 알아. 내가 괜찮다면 괜찮은 거라고. 그보다 오랜만이니까 아주 엄격하게 할 테니 각오나 해."

"으, 응! 고마워! 잘 부탁드리겠습니다! 스승님!"

눈을 반짝거리며 일어난 저스틴이 황급히 글렌의 뒤를 따랐다.

그 강아지 같은 반응에 글렌은 무심코 쓴웃음을 지었다.

'거참, 이래선 벌이 안 되겠는걸.'

"두고 봐, 스승님! 나, 스승님이 없을 때 배운 걸 잔뜩 복습하고 연습했다구! 오늘은 내가 얼마나 대단해졌는지 스승님을 놀라게 해줄게!"

옆에 선 저스틴은 글렌이 그런 생각을 하는 줄도 모르고 신이 나서 떠들어댔다.

―――――.

"흐읍~ 하아……."

표적으로 정한 큰 나무 앞에 선 저스틴은 눈을 감고 심호흡을 하며 정신을 통일했다.

"……."

그 뒤에서는 글렌이 뒤통수에 깍지를 낀 채 제자의 거동을 주의 깊게 관찰했다.

글렌에게 배운 대로 기본적인 마술 발동 공정^{스타트 업}을 하나씩 세심하게 진행한 저스틴은 이윽고 눈을 떴다.

그리고 왼손 검지와 중지로 눈앞의 나무를 겨누며 주문을 영창했다.

"《뇌제의 섬창이여》!"

다음 순간, 벼락이 떨어지는 듯한 파열음과 함께 손끝에서 눈부신 한 줄기 전격이 방출되었다.

숲속의 어둠을 가로지르며 노린 대로 나무에 명중한 전격은 그대로 나무를 완전히 관통해 주먹만 한 구멍을 남겼다.

"아하하, 해냈어. 성공이야! 어, 어때? 스승님!"

저스틴은 기대하는 눈빛으로 글렌을 돌아보았다.

"호오? 제법인데. 벌써 한 소절 영창을 마스터한 거냐."

글렌은 솔직하게 감탄하며 저스틴의 머리에 손을 얹었다.

"솔직히 대단한걸. 열심히 했구나, 저스틴."

"에, 에헤헤……."

저스틴은 기쁜 표정으로 수줍게 웃었다.

"이 마나가 희박한 세계의 출신인데 배우는 게 빨라. 너, 정말로 재능 있다?"

"지, 진짜?"

"응. 내가 어렸을 때는 훨씬 마나가 풍부한 환경이었는데도 그런 강한 마력을 연성하지 못했고, 너처럼 새로운 주문을 척척 익히지도 못했거든."

순수하게 기뻐하는 저스틴을 글렌은 감회 어린 눈으로 쳐다보았다.

실제로 저스틴은 마술의 천재라 할 수 있었다.

마술 실력만 놓고 보면 어떤 사이비 교단의 《사성인》들의 수준을 훨씬 넘어섰다.

사이비 교단원들이 썼던 마술은 사실 순서만 익히면 누구나 쓸 수 있는 마술 무기나 다름없었다. 마술의 본질과 이론을 완전히 무시하고 남에게서 받은 마력과 술식을 써서 사용하는 빌려온 힘일 뿐.

기초부터 배워서 완전히 자기 것으로 만든 저스틴과는 하늘과 땅만큼 차이가 있었다.

'……정말 아깝구만.'

글렌은 진심으로 탄식했다.

저스틴은 태어날 세계를 잘못 골랐다고밖에 할 수 없는 재능 덩어리였다.

이토록 마나가 희박한 세계에서 이만한 마력을 연성할 수 있을 줄이야.

만약 글렌의 고향 세계에서 태어났다면 희대의 천재마술사로 대성했으리라.

'그런데…… 그 뭐냐. 남한테 뭔가를 가르치고 성장을 돕는 건…… 역시 좋네.'

제자의 성장이 기뻤다. 제자가 성장하는 과정을 지켜보는 게 즐거웠다.

이젠 아득히 먼 옛날 일이라 완전히 잊고 있었던 감각의 재현.

그런 의미에서도 저스틴은 어느새 글렌에게 중요한 존재가 되어 있었다.

'스승님이라…… 세리카 녀석도 이런 기분이었을까? 뭐, 난 저스틴과 달리 못난 제자였던 것 같지만.'

그런 식으로 너무 오래전 일이라 이젠 흐릴 대로 흐려진 추억을 되짚은 순간.

"그건 그렇고…… 역시 스승님은 진짜 가르쳐주는 걸 잘하는 것 같아!"

저스틴이 그런 말을 꺼냈다.

"……응? 그래?"

"응! 여긴 원래 마술이 없는 세계니까 절대로 못 익힐 줄 알았는데…… 스승님이 아무것도 모르는 날 기초 이론부터 차근차근 세심하고 알기 쉽게 가르쳐줬잖아! 덕분에 난 이 세계에서 살았으면 평생 몰랐을 걸 알게 됐고…… 영적 감각도 얻었고…… 마술도 점점 더 많이 쓸 수 있게 됐는걸!"

저스틴의 말대로 글렌은 정말 기초부터 세심하게 가르쳤다.

확실히 저스틴은 눈이 좋았다. 사물의 본질을 정량화해서 간파하는 천성적인 재능이 있었고, 그건 마술사에게는 파격적인 재능이었다.

하지만 아무리 천재라고 해도 마술이 아예 존재하지 않았던 세계에서 마술의「마」자도 모르는 어린아이의 재능을 이 정도까지 개화시킨 건 오롯이 글렌의 가르침 덕분이라 해도 결코 과언이 아니리라.

'뭐, 이런 세계에서 이 녀석이 혼자서도 살아갈 힘은 만들어 줘야겠지. ……그게 그 대재앙의 날 이 녀석을 거둔 내 책임일 테니까.'

"저기, 스승님은 왜 그렇게 가르치는 게 능숙한 거야?"

글렌이 멍하니 생각하고 있자, 저스틴이 호기심 어린 눈으로 물었다.

"난 마술에 대해 진짜 아무것도 몰랐는데 그런 나도 어느새 이 정도까지 이해할 수 있게 됐잖아?"

"별거 아냐. 내가 원래 있던 세계…… 마술이 있던 세계에서도 사실 낙제생은 있었거든. 선천적으로 마력용량이 적은 녀석, 마술을 이해하지 못하는 녀석, 영적 감각이 부족한 녀석…… 뭐, 그런저런 이유로 좌절한 녀석들이 대체 뭘 모르고 어디서 좌절하는 건지 난 아주 잘~ 알거든."

일단 스승의 체면을 유지하기 위해 자신의 이야기라는 건 덮어두기로 했다.

"그래서 너처럼 재능은 있어도 마술을 몰랐을 뿐인 녀석을 지도하는 건 그리 어려운 일도 아닌 셈이지."

"흐응~."

그러자 저스틴은 더더욱 흥미진진한 눈으로 물었다.

"스승님은…… 혹시 고향 세계에선 선생님이었어?"

"진짜 감이 좋은 녀석일세."

글렌은 쓴웃음을 지으며 하늘을 올려다보았다.

"그래, 맞아. 난 고향에선 교사로 일했어. 아주 먼 옛날 일이지만."

눈을 가늘게 뜨고 추억을 되새겨 보았지만, 역시 이번에도 짙은 안개에 가로막혀 잘 떠오르지 않았다.

"혹시 괜찮으면…… 얘기해주면 안 돼?"

그런데도 저스틴은 그 과거를 궁금해 했다.

"난 알고 싶어. 스승님이 과거에 어떤 사람이었는지. 스승님의 고향이 어떤 세계고, 스승님이 어떻게 지냈는지 알고 싶어."

"후우~ 전에도 분명 말했지? 너무 옛날 일이라 자세한 건 기억이 잘 안 난다고."

"그래도!"

저스틴은 아예 숫제 애원했다.

"기억날지도 모르잖아. ……나한테 얘기하다 보면."

"……"

그런 저스틴을 잠시 내려다본 후.

"……그래. 딱히 틀린 말은 아니네."

피식 웃은 글렌은 근처에 있던 적당한 나무 밑동에 앉아 하늘을 올려다보며 안개 너머로 숨겨진 과거의 기억을 진지하게 마주보았다.

"……."

하지만 그럼에도 도무지 기억이 나지 않아 입을 다물고 있자.

"스승님이 고향 세계에서 교사가 된 계기는 뭐야?"

저티스가 다시 흥미진진한 눈으로 질문을 던졌다.

"내가 교사가 된 계기? 글쎄다…… 어째 꽤 변변찮은 이유였던 것 같은데……."

그리고 다시 고민하다 갑자기 뭔가가 떠오른 듯 살짝 눈을 떴다.

"아, 맞아. 일하기 싫어서 내 스승님한테 빌붙어 살고 있을 때…… 스승님이 협박해서 시작했었지. 임시강사로. 그게 계기였어."

"아, 스승님의 스승님은 어떤 분이었어?"

"……한마디로 말하면 진짜 터무니없는 사람이었지. 뭔가 구체적인 에피소드가…… 끄응~ 아, 그러고 보니 언젠가 이런 일이 있었어."

안개 너머에 있는 기억의 단편을 글렌이 무의식적으로 입에 담으면 저스틴이 거기에 질문으로 답하는 식으로 먼 과거의 기억을 조금씩 조금씩 파헤치기 시작했다.

"스승님은 왜 일하는 게 싫었어? 마술이 싫어진 거야?"

"처음 생긴 제자들은 어떤 애들이었어?"

"스승님은 평소에 어떤 수업을 했어?"

"평소 학교생활은 어떤 식이었어? 어떤 일이 있었는데?"

"그 유적 탐사에서 무슨 일이 있었어?"

"그건 어떤 싸움이었어? 스승님보다 강했어?"

"스승님의 군 시절은 어땠어? 역시 힘들었어?"

"시스티나 씨가 그렇게 머리가 좋은 사람이었어?"

"루미아 씨는 마음이 참 강한 사람이었구나?"

"리엘이 그렇게나 황당한 애였어?"

"저기, 스승님. ……스승님이 교사였을 당시에 가장 즐거웠던 일은 뭐야?"

—————.

—————.

———.

글렌은 기억나는 대로 이야기했다.

해가 저물어서 완전히 어두워졌음에도 계속.

신기하게도 이야기를 하면 할수록 완전히 잊어버린 줄 알았던 소중한 추억들이 하나둘씩 선명히 되살아났고, 저티스도 왠지 즐거운 표정으로 이야기에 귀를 기울였다.

그리고 머지않아 길고 길었던 추억담에 일단락을 지은 순간.

"아하하하! 대충 정리하면…… 스승님은 뭐랄까. 고향 세계에선 의외로 변변찮은 사람이었구나?"

"시꺼, 남이사."

글렌은 즐겁게 웃는 저스틴에게 토라진 얼굴로 대답했다.

'그건 그렇고…… 그 뭐냐. 의외로 기억이 나긴 나는구만.'

곰곰이 생각해보면 당연했다.

고향 세계에서 보낸 시간은 여태까지의 여정에 비하면 한순간의 불빛 같은 짧은 시간이었지만, 그래도 가장 아름다운 순간이었다.

그때는 기쁨도, 슬픔도, 아픔도, 분노도, 증오도 전부 뜨겁고 격렬했다.

괴롭고 힘든 일도 있었지만, 그 하나하나가 보석처럼 빛나는 소중한 나날이었다.

그 시절, 그 세계에 있던 건 글렌의 청춘이었다.

설령 영원처럼 긴 시간이 지나도 잊을 수 있는 기억이 아니었던 것이다.

'그런가. **떠올리지 못한** 게 아니라, **떠올리지 않았던** 거군. 사실 난 잊고 싶었던 거였나. 이제 두 번 다시 돌아갈 수 없는 시절이니까. 하하하…… 이 미숙한 자식.'

아무리 불변을 맹세해도. 영원히 싸울 것을 각오해도.

작은 계기로, 자신도 눈치채지 못한 사이에 마음속으로 스며든 나약함을 자각하자 절로 쓴웃음이 나왔다.

"고맙다, 저스틴."

"응? 갑자기 왜? 스승님."

"아니. 뭐, 그냥."

글렌이 시선을 내리깔고 입을 다물어버리자, 잠시 빤히 쳐다보던 저스틴이 뭔가를 결심한 듯 입을 열었다.

"응. 나 정했어."

"응. 뭘?"

"나, 스승님 같은 「정의의 마법사」가 될 거야!"

"……!"

"당장은 아직 한참 미숙하고, 스승님 발끝에도 미치지 못하지만…… 그래도 언젠가 스승님 같은 굉장한 「정의의 마법사」가 돼서…… 스승님처럼 세계를 넘나들 수 있는 마술사가 돼서! 찾을 거야! 스승님의 고향 세계를! 그리고 언젠가 스승님을 데려가줄게! 그 세계로!"

저스틴은 그런 순수한 선언을 하며 글렌을 똑바로 바라보았다.

"……홋."

아이들 특유의 순수하고 저돌적인 소망.

아직 자신의 벽이나 한계가 보이지 않고, 아직 세상물정을 잘 모르는 탓에 열심히 노력하다 보면 분명 뭐든지 할 수 있다고, 해낼 수 있다고 진심으로 믿을 수 있는 아이들만의 특권.

어른이 되어갈수록 서서히 빛을 잃어가는 반짝임. 혹은 강함.

탁월한 재능과 눈 때문인지 그 나이대 소년치고는 어딘지 모르게 달관한 구석이 있는 저스틴이지만, 이런 데서 갑자기 소년다운 반응을 보이자 글렌은 어딘지 모르게 흐뭇했다.

"하하…… 아하하하하하하! 저스틴, 요 녀석! 하하하하하!"

"스, 스승님?! 갑자기 왜 웃어!"

"아, 미안! 미안! 널 무시하는 게 아니라 실제로 범재인 나랑 달리 넌 진짜 천재야. 인간의 한계를 넘을 수 있는 계기만 있다면 충분히 가능할지도 모르지. 진심으로. 문제는 그게 아니라…… 크크크크……."

실컷 웃은 후, 글렌은 이렇게 말했다.

"나도 정했어. 반드시 너의, 이 세계를 내가 구해볼게."

"스승님?"

저스틴은 고개를 갸웃거렸다.

"솔직히…… 난 마음속 한편에선 이 세계가 이미 틀렸다고 포기했던 것 같아. 몸 상태는 나빠지기만 하는데 나아질 낌새도 전혀 없고 전 세계의 인간이 날 눈엣가시로 여기는 데다 지금도 그 쓰레기 교단의 신도들은 스스로 자기 목을 죄는 지도 모르고 물밑에서 인원을 늘리고만 있잖아? 그래서 나도 모르게 내심 이 세계는 포기하고 다음 기회를 노려볼 생각이었던 모양이야. 그런데 넌 방금 이런 나약해빠진 생각이나 하는 나한테 제대로 한 방 먹여준 거지. 이제 막 마술을 배우기 시작한 꼬맹이가 영원에 가까운 시간 동안 마술을 갈고닦아 온 날 말이야. 이러니 안 웃고 배길 수가 있겠어? 하하하하하하하!"

"음~ 무슨 말인지 잘 모르겠어. 그치만 스승님은 나보다 훨씬……."

"뭐, 너무 깊게 생각할 거 없어. 이건 내 혼잣말 같은 거니까. 자, 그럼……."

글렌은 자리에서 일어나 기지개를 켰다.

"슬슬 쉬자. 내일도 일찍 일어나야 하잖아?"

"……응!"

그렇게 둘은 마치 형제처럼 오붓하게 야영지까지 걸어갔다.

————.

확실히 이 세계에서의 여정은 목적지도, 미래도, 희망도 없는 괴롭고 힘든 길이었다.

하지만 그런 나날 속에서도 분명히 존재했다.

마음이 편해지는 순간이.

다정하고 따스한 일상이.

분명히 있었던 것이다.

하지만 그런 날도 그리 오래가진 않았다.

두 사제의 기묘한 여행은 어느 날 갑작스레 끝을 고하게 되었다.

제5장 따스한 일상이 끝나는 날

"나와라! 《어리석은 악마》!"

"네 악행도 오늘로 끝이다, 이 쓰레기 자식!"

"거기 숨어 있다는 건 이미 알고 있다!"

"이 세계의 진정한 악! 인간의 적!"

"네놈이 망가트린 이 세상의 분노를 알게 해주마!"

"불합리하게 이웃과 가족을 빼앗긴 우리의 정당한 분노를 깨닫게 해주겠어!"

"바로 오늘이 이 세상에 올바른 「정의」를 세우는 날!"

"자, 당장 튀어나와! 《어리석은 악마》! 어서!"

어느 숲속의 동굴 입구를 수많은 남녀노소가 포위하고 있었다.

대열을 짜고 저마다 수제 창과 쇠스랑 같은 무기를 겨누고 있는 그들은 하나같이 뭔가에 홀린 듯한 비정상적인 눈빛을 한 채 지저분한 욕설과 고함을 퍼붓고 있었다.

현재 그들을 지배하고 있는 건 오직 열광이자 광기뿐이리라.

자신들이야말로 정의라고 믿어 의심치 않기에 완전히 이

성의 빗장을 풀어헤친 상태다.

지금의 그들이라면 정의라는 명분하에 아무리 잔혹한 짓도 서슴지 않고 저지를 수 있을 터.

"제길……."

동굴 입구 근처에서 그런 추악하고 어리석은 군중의 상황을 몰래 살피고 있던 저스틴은 곧 안쪽으로 급히 달려가 보고했다.

"틀렸어, 스승님! 완전히 포위돼서…… 도망칠 곳이 없어!"

"……그러냐."

글렌은 동굴 벽 근처에 힘없이 웅크려 있었다.

"콜록…… 콜록…… 이거 원, 꼴사납구만. 콜록콜록! 쓸데없이 오래 살다 보니 나름 강해진 줄 알았는데…… 죽을 때는 별거 없구만, 콜록…… 콜록콜록콜록! 크흡……."

그리고 별안간 발작을 일으킨 것처럼 기침을 심하게 했다.

"스승님! 괜찮아?!"

그러자 저스틴이 달려와 부축했다.

최근 글렌의 몸 상태는 매우 심각했다. 최악이라 해도 과언이 아니리라.

육체와 마력이 급속도로 쇠약해져서 이제는 그의 정체가 요전까지 수많은 사신들의 간담을 서늘케 했던 고고한 신격, 엘더 갓 《신을 참칭한 자》라고는 도저히 믿을 수 없을 정도였다.

초월적인 천위(天位)의 신비는커녕 지금의 저스틴도 간단히 쓸 수 있는 마술조차 제대로 쓸 수 없는 데다 몸도 마냥 무겁게 느껴지기만 할 뿐 마음대로 움직여주지 않았다.

지금의 글렌은 병들고 쇠약해진 평범한 인간이나 다름없었다.

그것도 이런 상황을 타개하기는커녕 도망치는 시도조차 할 수 없는 반송장 상태의 인간 말이다.

"어째서…… 대체 왜 일이 이렇게 된 건데!"

눈물을 글썽이는 저스틴이 분노한 표정으로 소리쳤다.

"……저스틴."

"그치만 그렇잖아! 스승님이 이렇게까지 쇠약해진 건 이 세계에서 날뛰는 외우주의 괴물들한테서, 이 세계의 인간들을 지키려고 무리하면서 계속 싸워온 탓인데! 괴물들의 먹잇감이 된 이 세계의 인간들 따윈 완전히 무시해버리고 힘을 온존해서 《무구한 어둠》만 노렸다면 스승님은 이런 꼴이 되지도 않았을 텐데! 그런데도, 모두를 위해 열심히 싸워온 결과가 이거야? 그런 스승님이 이런 취급을 받아야 해? 이런 건 너무해…… 진짜 너무하다고오오오오오오!"

그리고 잠시 거친 숨을 내뱉으며 고개를 떨구고 있던 저스틴은 이윽고 뭔가를 깨달은 듯한 표정으로 천천히 고개를 들었다.

분노로 날카롭게 치켜뜬, 슬픔에 물든 소년의 눈동자에는 어딘지 모를 위험한 빛이 감돌고 있었다.

"저 녀석들은…… 「악」이야."

"저스틴?"

"맞아. 저 녀석들은 스승님을 악이라고 하지만…… 진짜 악은 바로 자기들이잖아. 저 인간 같지도 않은 것들! 저런 것들은…… 이 세상에 존재해서는 안 돼. 그래. 악은 이 세상에 존재해선 안 된다고! 전부, 전부…… 이 세상에서 없애 버려야만 해!"

"이 바보 제자가. 그런 말 함부로 하지 마."

하지만 글렌이 나무라자 그제야 정신을 차리며 눈빛도 정상으로 돌아왔다.

"사람은 저마다 사정이 있는 법이야. 하물며 이런, 아무도 내일을 알 수 없는 불안을 품고 살아야 하는 시대라면 더욱. 분하지만 《무구한 어둠》이 나보다 한 수 위였다는 거겠지."

이처럼 글렌이 세계의 적으로 배척당하는 것과 반대로 《무구한 어둠》은 급속도로 신도를 늘려가고 있었다.

그 『하늘의 지혜파 교단』이 괴물들에게 시달리는 사람들을 적극적으로 지원하며 《무구한 어둠》이야말로 이 세계를 구원할 진정한 신이라고 선전한 결과였다.

이 마나가 희박한 세계에서 글렌과 《무구한 어둠》은 피차 능력이 제한될 수밖에 없다.

하지만 《무구한 어둠》은 신으로서 자신을 향한 신앙심을 모아서 인간들의 감정 에너지, 즉. 마그네타이트를 마력으로 전환할 수 있었다.

이 세계에 외우주와 연결된 구멍을 뚫어서 괴물들을 불러들인 건 전부 그걸 위해서였다.

단순한 전투력으로만 따지면 글렌과 《무구한 어둠》은 거의 호각이라 할 수 있지만, 이 세계의 인간들 때문에 이제는 천지가 뒤집혀도 극복할 수 없는 차이가 벌어지고 만 셈이다.

이렇듯 이 모든 것이 잘 짜인 한 폭의 우스꽝스러운 연극이었던 것이다.

'《무구한 어둠》…… 넌 인간의 이런 어리석은 면을 진심으로 경멸하며 비웃고 있겠지만…….'

글렌은 벽을 짚고 간신히 일어섰다.

"스, 스승님?!"

"작별이다, 저스틴."

그리고 각오를 다지며 선언했다.

"난 저쪽으로 갈 거다. 이 세계를 구하지 못한 마지막 책임을 져야 하니까. 하지만 넌 도망쳐."

"……?!"

"지금의 너라면 어떻게든 살아갈 수 있겠지. 넌 이미 뭐든지 할 수 있고 어디로든 갈 수 있는 힘을 얻었어. 그러니 조금 이르지만, 졸업인 셈 쳐줄게. 나는 뭐…… 신경 쓰지 마.

그냥 잊어버려. 이건 어쩔 수 없는 일이었던 거야. 아마 이러는 게 운명일 테니까."

그렇게 말한 글렌은 역시 불안정한 걸음걸이로 출구를 향해 움직였다.

"아, 안 돼! 가지 마, 스승님!"

그러자 저스틴이 등에 매달렸다.

"스승님도 같이 도망치자! 난 스승님이랑 헤어지고 싶지 않아!"

"억지 부리지 마. 지금의 내가 짐밖에 되지 않는다는 건 너도 잘 알잖아?"

"그, 그럼! 싸우자! 내가 저 녀석들을 전부 해치워버릴 테니까……!"

"이 멍청아! 내가 그런 짓이나 하라고 너한테 마술을 가르친 줄 알아?! 인간의 길을 벗어나라고 가르친 게 아니라고!"

글렌이 화가 난 목소리로 일갈하자, 저스틴은 깜짝 놀라서 물러났다.

그리고 손을 드는 것을 보더니 한 대 맞을 거라고 생각했는지 몸을 움츠렸다.

하지만 글렌은 머리에 살짝 손을 얹었을 뿐이었다.

"그래도…… 마음은 고맙다. 정말이지. 너한테는 대체 몇 번이나 구원 받은지 모르겠군."

"스, 스승님……."

"매번 하는 말이지만…… 고맙다, 저스틴. 이 세계에서 널 만난 건 정말 행운이었어. ……그럼 이만."

그리고 억지로 마술을 발동했다.

편안한 잠에 빠지는 수면 마술이었다.

그러자 저스틴이 눈물을 뚝뚝 흘리기 시작했다.

"스, 스승님?! 아, 안 돼…… 난 싫어! 조금이라도 더…… 스승님이랑 같이…… 조금이라도 더…… 많은 걸…… 배우고…… 싶……."

저항에 실패한 저스틴은 단숨에 의식을 잃고 말았다.

"……."

글렌은 울면서 잠든 그의 몸을 안아들어 살며시 바닥에 눕혔다.

그리고 기침을 해가며, 무거운 몸에 채찍질을 해가며 간신히 주문을 완성해 동굴 안에 결계를 펼치는 것으로 저스틴의 존재를 완전히 은폐했다.

이걸로 안심이다. 이거라면 《무구한 어둠》도 탐지할 수 없을 터.

나이프로 바닥에 상황이 전부 끝날 때까지 여기서 기다리라는 전언을 남기고 일어섰다.

"……이거면 됐겠지. 그럼 잘 지내."

그렇게 글렌은 저스틴을 남겨둔 채 동굴 입구를 향해 걸음을 옮겼다.

ㅡㅡㅡㅡ.

ㅡㅡㅡㅡ.

ㅡㅡㅡㅡ.

그리고 우여곡절 끝에 결국 「그날」이 다가왔다.

"이제부터! 우리의 위대하신 주님께 반기를 든, 이 세상에서 가장 용서할 수 없는 악적! 《어리석은 악마》의 처형을 집행한다!"

""와아아아아아아아아아아아아아아아아아아아!""

광기 어린 열기가 주변 일대를 지배했다.
최근 들어 인구가 격감했을 터인데도 아직도 이렇게 많이 살아남았나 싶을 정도로, 역겨울 정도로 많은 사람이 모여 있었다.
그리고 그 불쾌한 인파의 한복판에는 무대 위의 처형대가 설치되어 있었다.

"······."

그 앞에는 심한 고문이라도 받은 듯 만신창이가 된 글렌이 팔다리에 족쇄를 찬 채 끌려왔다. 더는 저항할 마음도 없는지 공허한 눈으로 고개를 떨구고 있었다.

"크크크⋯⋯ 오랜만이구나, 《어리석은 악마》여."

글렌이 처형대 앞에 서자 이 쇼를 집행하는 『하늘의 지혜파 교단』의 교주 알렉세이가 승리의 미소를 띤 채 말을 걸어왔다.

"지금 어떤 기분이지? 우리의 주님께 이를 드러내고, 우리에게 반항한 결과 아무것도 이루지 못한 채 이리 무참하게 죽게 된 기분은."

"······."

"어리석은 놈. 언젠가 우리를 구원해주실 《무구한 어둠》님을 거역하다니⋯⋯ 그야말로 귀축. 그야말로 인류의 적. 그런 네놈이 이렇게 되는 건 운명이었던 거다."

"······."

"꼼짝도 못 하겠지? 네놈이 팔다리에 찬 그 족쇄는 우리 교단이 네놈에게 쓰기 위해 심혈을 기울여 만든 봉마의 사슬이다. 네놈의 마술을 봉인하는 것쯤은 별것도 아니지. 이제 좀 깨달았느냐? 이것이 바로 신의 힘이라는 거다."

"봉마라⋯⋯."

그 순간, 여태껏 한마디도 하지 않고 있던 글렌이 입가를 끌어올렸다.

"……이제 알을 깨고 태어난 햇병아리 마술사인 너희들과 달리 난 그 분야의 대선배, 그것도 마술을 봉인하는 마술의 전문가다. 그런 내 앞에서 봉마가 뭔지 떠들다니 웃기는 농담이군. 신입."

"뭐?! 아직도 그런 건방진 소릴……!"

격분한 알렉세이가 강하게 주먹을 날렸지만, 글렌이 이번에도 저항하지 않고 맞았다.

그리고 양팔을 교단원에게 붙들린 채 강제로 처형대에 끌려갔다.

"죽음을!", "죽음을!"

마침내 이 세계를 이런 꼴로 만든 악당의 최후가 눈앞에 다가오자, 무대의 열기가 고조되었다. 사람들은 저마다 양 팔을 들고 증오 어린 함성을 퍼부었다.

"에잇! 끝까지 짜증 나게 하는 놈이군! 됐다! 즉시 처형을 집행하도록! 이 세계를 위협한 이 악마에게 죽음을 내리는 거다! 인간의 긍지를, 존엄을, 절대적인 정의를! 지금 이 자리에서 보여주도록!"

""""와아아아!""""
알렉세이의 선동에 관중의 흥분이 최고조에 이른 순간.

"……성공인가."

글렌이 그렇게 중얼거렸다.
관중들에게는 들리지 않았겠지만, 바로 옆에 있어서 들을 수 있었던 교단원과 알렉세이는 눈살을 찌푸리며 그에게 시선을 돌렸다.
하지만 글렌은 개의치 않고 안도한 표정으로 말을 계속했다.

"이제야 겨우 꼬리를 붙잡았군. ……솔직히 이젠 다 틀렸다고 생각했어. 이 세계를 어떻게 해야 구할 수 있을지 고민을 거듭한 끝에 나온 건 결국 이 방법밖에 없더군. 솔직히 확률 낮은 도박…… 아니, 따지고 보면 그리 낮지도 않나."

그리고 자신의 팔다리를 묶고 있던 족쇄와 사슬을 강제로 뜯어버렸다.

"아, 아아아아아앗?!"

"《어리석은 악마》가! 족쇄를!"

"히이이이이익?!"

"자, 잠깐! 뭐하는 거냐! 죽여! 당장 죽이라고오오오오오오!"

알렉세이의 명령을 들은 교단원들이 허겁지겁 주문을 외우며 왼손을 들었지만.

정적.

그 누구도 마술을 발동할 수 없었다.

"어, 어째서?!"

"이, 이게 대체 어찌 된 노릇이지?"

"봉마는 이렇게 하는 거야. 공부가 됐냐?"

글렌은 당황하는 알렉세이 일행을 무시하고 작게 주문을 영창했다.

이미 그의 몸은 마술을 쓸 수 있는 상태가 아니었지만, 어째선지 마술은 성공적으로 발동했고 넝마 같은 망토와 검과 총 같은 무장이 전부 소환되어 단숨에 장착되었다.

글렌은 검을 빼들고 알렉세이를 향해 걸음을 옮겼다.

"히, 히익?!"

그리고 다리에 힘이 풀려 주저앉는 그의 앞에 멈춰 섰다.

어느새 주위의 교단원들은 자신들의 교주를 버린 채 달아나는 중이었다.

"네, 네놈들! 나, 날 두고 어딜 가는 거냐! 제, 제길. 대체 어떻게 된 거지? 《무구한 어둠》 님께선 분명 네놈에겐 더 이상 싸울 힘이 없다고 말씀하셨거늘!"

그런 알렉세이의 넋두리 따윈 관심 없다는 듯 무시한 글렌은 그의 「그림자」를 주시했다.

"잘 생각해보면…… 구역질나지만, 네 시점에선 최고로 끝내주게 즐거울 이 상황을 네가 특등석에서 지켜보고 있지 않을 리 없잖아? 안 그러냐? 《무구한 어둠》!"

그리고 《아르 칸》으로 알렉세이의 그림자를 찌른 순간.

강렬하고, 맹렬하고, 순수하고, 압도적인 어둠이 이 세계에 드리워졌다.

알렉세이의 그림자에서 뿜어져 나온 그 어둠은 꿈틀거리며 한곳에 응축되더니 낯익은 소녀의 모습으로 변해서 하늘로 날아올라 인간들을 내려다보았다.

─나 참~ 매번 겪는 거지만 너무 아프잖아요~!

그것의 정체는 그 대재앙의 날 이후로 글렌의 앞에서 홀연히 종적을 감췄던《무구한 어둠》이었다.

─그래도 뭐, 역시 선생님이시네요.
"닥쳐! 이 촌극은 여기서 끝이다! 이번에야말로 널 완전히 죽여주마!"
이미 마력이 거의 고갈된 글렌이었지만, 어째선지 이번에도 강대한 마력을 끌어올리며 칼날에 부여했다.
그의 전성기를 아득히 넘어설 정도의 어마어마한 마력을.

─……?!
"우오오오오오오오오오오오오오오오오오오오오오오오오!"

눈을 부릅뜬《무구한 어둠》의 머리 위를 단숨에 점해 검을 내리쳤다.
대기와 대지를 뒤흔드는 참격이 가차 없이 적중하자《무구한 어둠》은 그 충격을 견디지 못하고 운석처럼 지상에 추락했다.

"으, 으아앗?!"

"히이이이이이이이익?!"

"우와아아아아악! 사람 살려어어어어어어어!"

대폭발과 함께 발생한 충격파에 휩쓸린 교도들이 조금 전까지 이 자리를 지배했던 광기와 함께 쓸려나갔다.

─콜록! 콜록! 쿨럭! 꺄하하하…… 아, 아야야. 이, 이건……?

한편, 지면에서 몸부림치며 피를 토하는 《무구한 어둠》의 얼굴에서 처음으로 여유가 사라졌다.

"……효과가 있지? 실력은 그렇다 치고 단순히 신격만 따지고 보면 너랑 난 동격이니까."

─꺄하하…… 하하하하…… 아하하하하하하하하하하하하하하! 선생님, 당신……!

"맞아. 내 존재 일부를 깎아내서 너한테 직접 때려 넣은 거다. 나는 널 죽일 수 없어. 너라는 존재의 본질을 이해하지 못했으니까. 그렇다면…… 「쌍소멸」을 노리는 수밖에. 나라는 존재가 있었던 시간과 역사로 널 상쇄하는 거야. 이거라면 널 죽일 수 있겠지."

─이힛! 이히히히…… 어라~? 이런 짓을 하고도 정말 괜찮으시겠어요~?

유혹하는 것처럼 불쾌한 미소를 지은 《무구한 어둠》이 글렌을 노려보았다.

─이거라면…… 확실히 날 죽일 수 「있을지도」…… 사실

선생님도 아시겠지만, 그건 어디까지나 「가능성」…… 아주 희박하게나마 날 죽일 가능성이 생겼다는 정도잖아요? 하지만 확실히 말할 수 있는 건 선생님은 반드시 죽을걸요? 돌아가고 싶지 않나요? 선생님의 고향에. 만나고 싶지 않나요? 사랑하는 사람들을. 그리운 그 고향에, 세계로 돌아가고 싶지 않으세요?

"……그래, 돌아가고 싶어. 돌아가고 싶었지. 난 아마 마음 속 한구석에선 널 해치우고, 어떻게든 그 고향 세계를 찾아내서 모두와 만나고 싶다는 희미한 기대를 버리지 못했던 걸 거야. 하지만…… 그게 실수였어. 처음부터 그런 달콤한 미래나 선택지 같은 건 존재하지 않았던 거지. ……난 이 자리에서 널 죽일 거다. 가능성이 있든 말든 상관없어. 내 모든 존재와 운명을 걸고 반드시 죽이겠어! 나 또한 같이 죽을 각오로! 내 고향의 소중한 사람들을 위해…… 그리고 이 세계의…… 저스틴을 위해!"

─아핫…….

글렌이 그렇게 결의를 표명하자 《무구한 어둠》은.

─아핫…… 아하하하…… 아하하하하…… 아하하하하하하하하하하하하하하하하하하하하하하! 꺄하하하하하하하하하하하하! 햐

하하하하하하하하하하하하하하하하하하하하하하하하하
하하! 이햐햐햐햐햐햐햐햐햐햐햐햐햐햐햐햐햐햐햐
햐햐햐햐! 으하하하하하하하하하하하하하하하하하
하하하하하! 이히히히히히히히히히히히히히히히히히히히히히
히히! 아하하하하하하하하하하하하하하하하하하하
하하하하하하하하하하하하하하하하하하하하하하하
하하하하하하하하하하하!

　한껏 도취된 얼굴로 웃음을 그치지 않았다.

　—사랑스러워! 역시 사랑스러워! 난 정말 당신이 좋아요,
선생님! 좋아! 진짜 좋아! 너무너무너무 좋아! 사랑해! 이
세계에서, 이 우주에서, 이 무한 삼천세계에서 그 누구보다
당신을 가장 사랑해! 전 우주 개벽의 순간부터 종언에 이를
때까지 사랑해요! 그야! 왜냐하면! 선생님뿐이었는걸요! 이
렇게까지 날 제대로 마주해주는 건! 난 내 방식대로 인간들
을 사랑하는 것뿐이지만…… 역시 인간은 덧없고 연약한 존
재잖아요? 제 사랑을 끝까지 받아주지 못하잖아요? 진심으
로 날 마주하는 기골 있는 인간은 거의 없잖아요? 그래
서…… 아아, 당신과의 만남은 정말이지…… 몇 번을 반복
해도 질리지 않네요! 쿠후홋…… 이것만은 영원히 그만둘
수가 없단 말이죠. 쿠홋, 키히히히히히, 꺄하하하하하! 꺄하

하하하하하하하하하하하하하하하하하하하하하하하하하!

　솔직히 무슨 말을 하는지 이해할 수 없었지만, 이젠 아무
래도 상관없었다.
　여기서 할 말은 단 하나밖에 없었다.

"죽어!"

　그렇게 외친 글렌은 머리 위로 세워든 칼로 《무구한 어둠》
의 정수리를 내리쳐 반으로 갈라버렸다.

　—커헉?! 아파! 이거 참, 끝내주는걸요! 이번 무대도 이걸
로 마침내 클라이맥스! 속편에 대한 기대를 높이는 의미도
더해서 최고로~! 멋진 무대를 보여드리겠어요오오오오오
오오오오오오오오오오오오오오오오오오!

　당연히 그 정도로 죽을 리 없는 《무구한 어둠》의 전신에
서 혼돈의 촉수가 무수히 뻗어 나왔다.

　—자, 그럼! 이번에야말로 날 믿는 이 세계의 전 인류 여
러분! 나에게 힘을! 실은 좀 더 끌어볼 생각이었지만! 여기
서 이만 이 희곡 「멸망」의 복선을 전부 회수해드리죠! 나와

선생님의 사랑과 감동의 순애 스토리를 완주하기 위해! 내가 선생님의 사랑에 전력으로 보답하기 위해! 부디 모두가 자리에서 일어나 멋진 박수갈채를 보내주시길!

그 순간, 광란에 빠진 교도들의 가슴에서 검은 실 같은 것이 급속도로 자라났다.

"뭐, 뭐지?"

"이건 또 뭐야!"

그리고 《무구한 어둠》이 주위에 뻗은 혼돈의 촉수들과 하나도 남김없이 이어지기 시작했다.

그 막대한 양으로 봐선 아마 이 자리에 있는 인간들만의 것이 아닐 터.

전 세계 생존자들에게서 자라난 실이 공간을 넘어서 모여든 것이리라.

그리고 촉수와 실이 연결된 순간.

""""끄아아악!""""

진정한 아비규환의 지옥도가 펼쳐졌다.

인간의 생명력 그 자체가 무시무시한 속도로 《무구한 어둠》에게 빨려 나갔고, 그렇게 삐쩍 마른 미라처럼 변해버린 인간들이 잇따라 모래로 풍화되기 시작했다.

—으음~ 여러분의 저에 대한 사랑이 느껴지네요. ……맛대가리 없지만요. 우웩~.

"너, 이 자식! 당장 멈춰어어어어어어어어어어어어어!"

글렌은 《무구한 어둠》의 만행을 막고자 했지만, 빛의 속도로 날아드는 촉수들에 대처하는 게 한계라 이 자리에 있는 인간들을 구하는 데까지는 손이 미치지 못했다.

"신이시여! 우리의 구세주인 신이시여어어어어어어어어어!"

그런 와중에 빠른 기세로 생명력이 빨려 나가고 있던 교주 알렉세이가 《무구한 어둠》에게 호소했다.

"이, 이게…… 이게 대체 어찌 된 일입니까아아아아아아!"

—응? 왜요? 싫다 정말. 전부 계약했던 대로잖아요? 날 믿고, 내 힘을 받는 대신 나에게 모든 걸 바치겠다고! 이건 신앙을 매개로 한 정당한 계약이에요! 즉, 조금이라도 날 믿고 구원을 바라거나 한 번이라도 내 이름을 부른 멍청한…… 앗, 으흠으흠! 이 세계에 존재하는 거의 전원이 내 소유물이 된 셈이죠! 설마 몰랐던 건가요? 이런 건 신마계약의 기초 중 기초랍니다~?

"예, 예?! 그게 무슨! 시, 신이시여! 다, 당신께선 저희를…… 구원해주시는 게 아니었던 겁니까?!"

—어? 아니, 그래서 지금 약속대로 구원해주고 있는 거잖

아요? 죽으면 괴로울 일도, 고생할 일도, 고통스러워할 일도 없는걸요~?

"윽?! 아, 안 돼! 살려줘! 누가 제발 나 좀……!"

그렇게 알렉세이의 생명력이 모조리 빨려 나가기 직전, 빛의 속도로 날아온 글렌이 촉수와 연결된 실을 절단하자 알렉세이와 《무구한 어둠》의 동화가 멈추었다.

"……히익?!"

"꺼져!"

"아, 옙!"

글렌이 일갈하자 알렉세이가 허겁지겁 그 자리에서 달아났다.

퍼억!

하지만 곧 날아든 촉수 한 가닥에 맞아 몸이 터져버렸다.

─아하하하! 진짜 사람이 너무 착하다니까~! 물론 전 그런 점도 좋아하지만요~.

"칫……."

어느새 정신을 차리고 보니 살아서 숨 쉬는 자는 주위에 아무도 없었다.

너무나도 갑작스럽게 벌어진 일이었다.

"결판을 내자! 《무구한 어둠》……!"

—아하하하하하하하하하하하하하하하하하하하하하!

그렇게 숙명의 두 신격은 최후의 싸움을 시작했다.

————.

"흑마 개량 2식 【익스팅션 미티어레이】!"

글렌이 양손을 내밀고 주문을 외친 순간, 《무구한 어둠》
을 향해 모든 존재를 오리진까지 분해하는 필멸의 빛이 유
성우처럼 사방에서 쇄도했다.

—꺄하하하하하하하하하하하하하!

《무구한 어둠》은 그것들을 빛의 속도로 난무하는 혼돈의
촉수로 모조리 튕겨냈다.
극광. 폭광. 섬광.
그러자 마치 별들이 폭발하는 듯한 빛이 사방에서 터져
나왔다.
—어라? 선생님, 여기까지 와서 또 위계가 하나 오르셨나요?
"닥쳐! 이 망할 자식아!"
—아아, 아아, 즐거워라! 선생님은 평범한 인간인데! 그것

도 천재와는 거리가 먼 일개 범부에 불과한데도! 대체 어디까지 날 놀라게 하고 즐겁게 해주실 건가요~?

"닥치라고 했다!"

플린트락 피스톨, 마총 《퀸 킬러》를 뽑아 든 글렌이 주문을 외치며 방아쇠를 당겼다.

"네 기술 좀 빌리마, 하얀 고양이……! 《Iya, Ithaqua》!"

총구에서 배출된 탄환을 영점(靈点)으로 삼아서 소환된 어느 외우주의 바람의 신성이, 모든 차원과 공간을 넘어서 닿은 빛의 바람을 두르고 절대영도의 냉기로 《무구한 어둠》을 덮쳤다.

—세, 세상에! 이, 이 마술은…… 바람의 신관이 사용하는! 어느새 그 영역까지……!

피할 수 없는 멸망의 바람이 경악하는 《무구한 어둠》의 촉수를 얼려서 부숴버렸다.

"이걸로 끝이라고 생각했냐?!"

글렌은 다시 주문을 외우며 왼손을 가슴 안쪽에 찔러 넣더니 심장에서 무언가를 꺼냈다.

"부탁한다, 루미아……! 남루스……! 우오오오오오오오오!"

《은 열쇠》와 《황금 열쇠》였다.

검지와 중지 사이에 《은 열쇠》, 중지와 약지 사이에 《황금 열쇠》가 출현한 것이다.

두 열쇠의 권능을 장악한 순간, 글렌은 시공간의 완전한 지배자가 되었다.

무구한 어둠의 존재를, 공간을 잘라내고 존재했던 시간을 산산조각으로 분쇄하는 이것은 그야말로 이 세계에서 존재 자체를 완전히 부정해버리는 공격이라 할 수 있었다.

―이익~?! 처, 《천공의 타움》의 권능이라고요?!

《천공의 타움》이 지닌 최대급 권능은 역시 견딜 수 없었는지 《무구한 어둠》의 표정이 한순간 고통스럽게 일그러졌다.

"아직 멀었어!"

그런 《무구한 어둠》을 향해 돌진하는 글렌의 칼끝에서 은색의 빛이 넘실거렸다.

―서, 설마……?!

"가르쳐줘, 리엘! 하아아아아아아앗! 《데이브레이크 링크》!"

여명처럼 눈부신 은색 검광이 세상을 새하얗게 물들이며 《무구한 어둠》을 정면에서 후려치자, 《무구한 어둠》의 운명 그 자체가 잘려 나갔다.

—화, 황혼의 검사의 비기까지…… 으으으으윽! 이건…… 지, 진심인 거군요. 선생님!
"난 늘 진심이었어!"

글렌은 공세를 늦추지 않고 끊임없이 공격했다.
물론 그 자신의 한계를 초월한 신비를 이렇게 연발하는 건 원래 불가능한 일이다.
그런데도 지금 실제로 가능한 것은 글렌이 자신의 존재와 역사를 대가로 바쳐서 싸우고 있기 때문이었다.
자신과는 다른 역사를 쌓아가며 높은 경지에 도달했던 사랑스러운 제자들과의 시간과 역사를 대가로 바쳐서 싸우고 있기 때문이었다.
그렇기에 불완전하게나마 그녀들의 신비를 펼칠 수 있었다.

—정말 괜찮으시겠어요? 선생님! 이런 짓을 계속하면……!

"《0의 전심(세트)》! 【광대의 일격(페네트레이터)】어어어어어어어어어!"

《무구한 어둠》이 비웃는 듯한 목소리로 유혹했지만, 글렌은 이것이야말로 정답이라는 듯 《무구한 어둠》의 미간에 퍼커션 캡 리볼버의 총구를 대고 무자비하게 격발했다.

―끄이익?!

초신성 폭발에 필적하는 대폭발에 휘말려서 튕겨 날아가는 《무구한 어둠》을 추격하는 글렌은 우직하게 다음 신비를 준비했다.

"이제 와서 망설일 것 같냐! 《무구한 어둠》……! 우리를 얕보지 마라! 인간을 얕보지 말라고오오오오오오오오오오!"

―――――.

무시무시한 격전이었다.

무한히 펼쳐진 대지를 초토화하고, 바다를 새빨간 맹독으로 오염시키고, 각지를 파괴하며 떨어진 운석이 일으킨 대량의 분진이 태양을 뒤덮었다.

이 싸움이 끝난 뒤에 이 세계가 예전처럼 돌아올 수 있을지 의문이 들 정도의 대량 파괴 행위와 대재앙이 두 신격을 중심으로 펼쳐지고 있었다.

만약 이긴다고 해도 이 세계의 생존자들에게 터무니없는 부채를 남기게 될 터.

하지만, 그럼에도 멈출 수 없었다. 싸울 수밖에 없었다.

어차피 여기서 《무구한 어둠》을 죽이지 못하면 이 세계는 미래가 없다.

《무구한 어둠》의 손에 멸망할 테니까.

그런 마음가짐으로 포기하지 않고 싸우는 수밖에 없었다.

————.

————.

그렇게 열심히 싸운 보람이 있었는지.

'……이길 수 있나?'

글렌은 격전 속에서 실낱같은 희망을 느끼고 있었다.

물론 자신의 존재는 빠른 속도로 마모되고 있었다.

이 싸움이 끝나면 틀림없이 소멸하리라. 이건 확정된 미래다.

―큭…… 으으…… 끼힛! 으이이익…….

　하지만 그보다도 《무구한 어둠》이 죽어가는 속도가 빨랐다.
　이대로 가면 자신이 소멸하는 것보다 먼저 《무구한 어둠》
을 죽일 수 있을 터.
　이 의미 없는 기나긴 술래잡기에 종지부를 찍고 이 세계
를 포함한 모든 세계를 구원할 수 있을 터.
　물론 글렌의 고향 세계도 말이다.

　'진정해! 조급해하지 마! 지금까지 쌓아온 걸 전부 사용
해! 내 모든 걸 써서 조금씩 궁지에 몰아넣는 거야!'

　글렌은 한 치의 방심도 없는 전투행위를 차분히 되풀이했다.
　《무구한 어둠》의 촉수를 베어내고, 밀려드는 혼돈을 밀어
내고, 강대한 마술을 해제하며 빈틈이 보일 때마다 신살의
칼날로 공격을 시도했다.
　일격을 허용할 때마다 고통스럽게 절규하는 《무구한 어
둠》은 틀림없이 약해지고 있었다.
　그리고 영원을 방불케 하는 그 싸움의 끝은…….

————.

————.

————.

"끝이다."

—예, 끝이네요…….

초토화된 세계 한복판에 있는 건 만신창이가 된 글렌과 《무구한 어둠》이었다.

《무구한 어둠》은 사지가 절단된 상태로 바닥에 쓰러져 있었고, 글렌은 검을 지팡이 대신 짚고 겨우 서 있었지만 그나마 팔다리는 멀쩡히 붙어 있었다.

"이걸로…… 끝. 드디어…… 끝이군."

글렌은 지면에 꽂은 검을 뽑고 바닥에 엎드려 있는 《무구한 어둠》의 숨통을 끊기 위해 다가갔다.

한 걸음.

또 한 걸음.

"나도, 곧 끝나겠지만…… 그래도 넌 죽일 수 있어. 이걸로 모두를 구할 수 있어. 내 고향 세계도…… 그러니까!"

그리고 《무구한 어둠》의 앞에 서서 천천히 검을 들어 올리려 한 순간.

—예? 그게 무슨 말씀이세요~?

이 절체절명의 상황에서도 여유 있는 목소리가 들리자,
글렌은 경계하며 움직임을 멈추었다.

하지만 《무구한 어둠》은 뭔가 하기는커녕 태연스레 뒷말
을 이었다.

—선생님이 소멸하시면 안 되죠. 날 받아줄 수 있는 건 전
우주를 통틀어 선생님 단 한 분뿐인걸요. 그러니 절대로 여
기서 끝낼 수는 없답니다. 우리는 앞으로도 계속 훨씬 더
많은 사랑을 나눠야 하니까요! 영원토록!

"헛소리하지 마. 넌 여기서 끝이라고. 해치워주마. 소멸시
켜 버리겠어. 절대로 놓치지 않아. ……아직 그 정도 힘과
존재는 남아 있다고!"

그 말을 들은 《무구한 어둠》은 잠시 어리둥절하다가 방
긋 웃었다.

무척 차가우면서도 자애로운 미소였다.

—아~ 뭐야. 선생님. 쿠후훗…… 늘 그렇지만 역시 또 그
런 생각을 하셨나 보네요? **이길 수 있다고. 날 죽일 수 있다
고**. 지금 그런 생각을 하고 계신 거죠? 우훗, 정말 미련하고
어수룩하긴…… 아, 그래서 세상 그 누구보다 사랑스럽게

느껴지는 걸까? 모자란 자식일수록 귀엽다고들 하잖아요?
아하하하하하하…….

　더는 목소리를 듣는 것조차 지긋지긋했다.

　그래서 방심하지 않고 이 자리에 끝을 내기로 결심했다.

　"허세를……!"

　글렌이 검을 치켜들고 모든 마력과 존재를 담아 《무구한
어둠》의 정수리에 내려치려 한 바로 그 순간.

　"……."

　글렌은 어떤 사실을 눈치챘다.

　눈치채고 말았다.

　만약 모르고 넘겼다면 뭔가가 달라졌을까?

　하지만 알게 된 이상은 어쩔 수 없었다.

　엎드린 자세인 《무구한 어둠》의 등에는 한 가닥의 촉수가
자라나 있었다.

　그리고 어째선지 그건 도중에 방향을 꺾어 하늘 위로 깊
게 뻗어 있었다.

　맹렬하게 불길한 예감이 든 글렌이 촉수가 뻗은 방향으로
시선을 돌리자 그 끝에는.

　"스, 스승님……!"

촉수에 목을 붙들린 채 허공에 매달린 저스틴이 있었다.

"아……"
"「체크메이트」네요."

여기 있을 리 없는 저스틴의 모습을 본 순간, 글렌의 마음에 아주 한순간의 빈틈이 생기고 말았다.

만약 저스틴이 아니라 《무구한 어둠》이 건 다른 함정이었다면.

전지전능에 가까운 지금의 그에게 빈틈 같은 게 생길 리 없었다.

이 중요한 타이밍에 어떤 수작을 부리든 확실히 대응할 수 있었으리라.

하지만 빈틈은 생겼다. 생기고 말았다.

정말 한순간이었지만.

그 한순간에 모든 게 뒤집혔다.

고속으로 재생된 촉수 하나가 광속을 뛰어넘은 빠르기로 글렌의 배에 큰 구멍을 뚫고 무기를 든 오른팔을 통째로 날려버린 것이다.

―사랑하는 당신을 영원히 잃는 건 견딜 수 없어요. 그러니 여느 때와 마찬가지로…… 이건 내가 당신에게 베푸는

구원이랍니다!

"······?!"

─이야~ 아까웠네요! 그 마지막 일격을 허용했다면······ 음~ 어떻게 됐으려나? 나, 죽었을까? 아니면 아슬아슬하게 살았을까? 뭐, 시도해볼 생각은 처음부터 없었고 이젠 의미도 없지만 말이죠!

온몸에서 힘이 빠져나가는 감각에 글렌은 바닥에 무릎을 꿇고 고개를 떨구었다.

그리고 깨달았다.

'아아······ **끝났군**. 내 안의 뭔가가······ 내가 나로 존재하게 하는 무언가가 **전부 사라졌어**.'

지금 이 순간 모든 것이 끝나버렸고, 망연자실한 시선이 허공을 헤맸다.

"스, 스승니이이이이이이이이이이이이임!"

무구한 어둠의 변덕으로 풀려난 저스틴이 이쪽으로 달려왔다.

전신에서 연기와 바람이 새는 소리를 내며 붕괴되고 있는 글렌에게 필사적으로 매달렸다.

"스승님! 저, 정신 차려요! 스승님······!"

"저스틴······ 네가 어떻게, 여길?"

"미, 미안. 난 스승님이 너무 걱정돼서……! 도저히 가만히 있을 수가 없어서 동굴의 결계를 풀고……! 죄송해요!"

"……하하하, 그런가. 하긴, 그렇겠지. ……네 잘못이 아니야. 그냥 내 생각이 너무 짧았을 뿐…… 진짜 난 끝까지 마무리가 시원찮구만……."

"죄송해요! 정말, 정말 죄송해요, 스승님! 그러니…… 죽지 말아줘요. 제발! 으아아아아아아아아아아아아아!"

—음~ 역시 감동적이네요. 매번 겪는 거지만 눈물 없이는 볼 수 없는 이 광경…… 훌쩍, 흑.

어느새 상처가 완전히 재생된 《무구한》 어둠이 흘러넘치는 뜨거운 감동의 눈물을 훔치며 말했다.

—그~러~면! 분위기는 충분히 고조된 거 같으니 슬슬 막을 내려 볼까요!

그리고 하늘 높이 날아올랐다.

—여러분의 기도가! 이 세계를 구원할 힘이 되었습니다! 그럼 이 세계의 모든 이에게 구제를! 빵야!

전신에서 무한대에 가까운 촉수가 빛의 속도로 세계 전체를 흡사 거미집이나 그물망처럼 촘촘히 뒤덮고 압착하자,

어마어마한 소리와 함께 이 세계의 차원과 공간이 통째로 「깨졌다」.

산산이 부서지는 세계.
너무나도 쉽고.
너무나도 싱겁게.
세계가 붕괴하고 있었다.
무수히 많은 세계의 파편이 허공 너머로 떨어져 빨려 들어갔다.
잘게 부서진 세계에서 하늘이 떨어지고 대지가 떠오르고 있었다.

―꺄하하하하하하하하하하하하하! 어떤가요? 이번에는 이 세계의 묵시록을 재현해본 건데요! 「올바른 정의를 관장하는 긍지 높은 여신의 검이 황혼의 나팔 소리와 함께 만리를 질주하며 악덕과 배덕으로 점철된 이 세계를 육억과 육천의 파편으로 분단하시었나니!」 아하하하하하하하하하하하하하하하하하하! 꺄하하하하하하하하하하하하하하하하하하하하하하하하하하하하하!

"젠장…… 제기랄…… 이 빌어먹을 자식이이이이이이이이이이이이이이이이이!"

글렌은 눈 깜짝할 사이에 이 세계를 철저하게 파괴해버린

《무구한 어둠》을 향해 분한 표정으로 외쳤다.

더는 아무것도 할 수 있는 게 없었지만, 하다못해 마지막 발악이라도 해보려고 지면에 떨어진 《아르 칸》을 향해 떨리는 손을 내밀었다.

"……!"

하지만 《아르 칸》은 글렌이 보는 앞에서 이 세계에 생긴 균열 사이로 떨어지고 말았다.

허무 속으로 사라졌다.

그것으로 싸울 수단을 전부 잃어버린 글렌은 주먹을 쥐며 고개를 떨굴 수밖에 없었다.

—어라라~? 선생님의 자랑인 신살 권능이 어디론가 가버렸네요~? 허무 속으로 떨어져 버렸으니 아무리 선생님이라도 이제 회수하는 건 무리겠죠?

그 상황을 지켜본 《무구한 어둠》이 조롱했다.

—하지만 뭐, 분명 괜찮을 거예요! 그 칼은 불멸이니까요! 언젠가 분명 어느 세계의 어느 시대에 표류한 걸 누가 주워 가겠죠! 그리고 또 언젠가 선생님 손으로 돌아올 거예요! 예를 들면, 선생님의 열렬한 팬…… 선생님을 흉내 내서, 선생님처럼 나에게서 세계를 구하려한 **어느 바보**처럼 말이에요!

"……."

분한 표정으로 무시해버린 글렌은 옆에 있는 저스틴에게 속삭였다.

"……미안하다. 실컷 큰소리 쳐 놓고 이 꼴이라니…… 난 결국 네 세계를 지켜주지 못했어. 정말…… 면목이 없구나."

"아, 아니에요. 그건 스승님 탓이 아니라구요."

─그럼요! 당신이 마음 아파할 이유는 어디에도 없답니다!

저스틴과《무구한 어둠》이 침울해진 글렌을 위로했다.

─선생님, 당신은 아주 잘했어요! 정말 애썼다구요! 어리석은 건 이 세계의 인간들! 당신은 아무 잘못도 없는걸요! 이 세계를 구하려고 필사적으로 노력하는 당신을 인류의 적이라 매도하면서 실컷 발목이나 잡아댄 데다 눈앞에 은근슬쩍 내민 거짓된 희망과 욕망에 몸을 맡긴 채 제 목을 스스로 조르는 꼴이라니! 정말이지 인간이란 것들은 왜 이리도 구제할 도리가 없고, 구제불능이고, 보기만 해도 재밌고, 사랑스러운지…….

"그게 네 입에서 나올 말이냐, 이 망할 자식아!"

결국 참다못한 글렌이 격노했다.

"너잖아! 전부! 네가 그렇게 유도한 거잖아! 인간은 네가 말하는 것처럼 어리석고 잔혹하지도 않아! 그냥 자신과 가족과 지인들을 일면부지의 타인보다 조금 더 소중히 여기는 것뿐이라고! 그런 건 그냥 당연한 거잖아! 너한테 그런 소리까지 들을 이유는 없어!"

─하긴, 그러네요. 그리고 조금만 더 타인에게 상냥했더라면 이런 결말이 되진 않았을 텐데…… 왜 인간이라는 건

그런 쉬운 일도 못 하는 걸까요?

"시끄러워! 이제 슬슬 그 구린내 나는 아가리 다물어! 어차피 네 뜻대로 전개되지 않으면 실력행사로 이 세계를 멸망시켰을 거면서……!"

—꺄하하하하하! 그죠? 말 그대로 기계 장치의 사신 전개^{데우스 엑스 마키나}라는 거네요! 꺄하하하하하하하! 아, 참고로 신이 아니라 사신이라고 한 건 원래 이 단어는 극의 마지막을 편의주의적으로 전부 원만하게 해결해 버린다는 뜻이라…….

"닥쳐어어어어어어어어어어어어!"

이제 슬슬 인내심이 한계에 달했지만, 아무것도 할 수 있는 게 없었다.

싸울 힘은 전부 잃었다.

자신의 존재도 시시각각 소멸하는 중이다.

이 항거할 수 없는 종말의 순간, 글렌은 선택했다.

"……저스틴."

이 세계에서 고독한 존재였던 자신의 곁에 끝까지 남아준 소년을 돌아본 글렌은 왼손을 움직여서 허공에 오망성의 중심에 눈의 인장이 들어간 표식을 그렸다.

그리고 빛을 발하기 시작한 그것을 소년의 몸에 흡수시켰다.

"스, 스승님? 바, 방금 그건……."

"평범한 인간은 말이다. 허무에 삼켜지면 잠시도 버티지 못해. 그곳에는 자신의 존재를 담보하는 물질적인 세계가 없어서 존재가 오리진까지 분해되고 말아. 그래서 내게 남은 마지막 힘으로…… 너에게 「가호」를 내렸어. 지금의 너라면 이 세계의 붕괴에 말려들어도 죽지 않고 분해되지도 않을 거다. ……적어도 다른 세계, 다른 시대에 도착할 때까지는."

그와 동시에 앞으로 몰라도 되는 지식, 결코 알아선 안 되는 심연에 대한 이해력도 상승하리라. 광기에 가까워지리라.

어쩌면 인격에도 중대한 영향이 생길지도 몰랐다.

하지만, 그럼에도.

지금 이 순간, 글렌은 이 소년이 살아남기를 바랐다.

고독한 자신에게 온기를 나누어진 이 소년이.

"스, 스승님……!"

"……정말 미안하다. 이렇게 되기 전에 결판을 내서 네 세계를 지켜주고 싶었는데…… 정말로 면목이 없어."

글렌은 저스틴의 얼굴을 볼 수 없었다.

부끄러워서 볼 낯이 없었기 때문이다.

지금 소년은 대체 어떤 표정을 짓고 있을까.

어떤 생각을 하고 있을까.

그토록 호언장담해놓고 결국 이 세계를 구하지 못한 자신에게 실망했을까.

아니면 왜 구하지 못한 거냐고 분노하고 있을까.

내 세계를 돌려달라고 원망하고 있을까.

저스틴의 얼굴을 볼 수 없는 글렌에게는 알 수 없는 일이었다.

그리고 《무구한 어둠》이 그런 한심한 패배자로 전락한 글렌을 비웃었다.

그야말로 세상 끝까지 닿을 기세로.

—아하하하하하하하하하하하하하! 아하하하하하하하하하하하하! 풀 죽은 선생님, 귀여워라~! 너무 실망하진 마세요! 이건 지극히 당연한 결말이니까요! 신의 영역에 발을 들여놓긴 했어도 결국 당신의 본질은 「인간」에 불과하잖아요? 그런 인간이 시간과 공간과 차원을 넘고 세계를 넘나들며 이 나와 영원한 싸움을 되풀이하는 것만으로도 솔직히 어마어마한 위업이니까요!

"······큭?!"

—그래도 솔직히 매번 놀라고 있답니다! 아무튼 당신은 결국 끝까지 마음이 꺾이지 않으니까요! 나와 당신의 이야기의 끝은 늘 당신의 존재가 한계에 달해 소멸하는 걸로 막을 내리니까요! 뭐, 그 것 만 은! 칭찬해드리죠! 하지만 뭐, 까놓고 말해 무지 미련해 보이거든요? 교육이 덜 된 개처럼 실컷 날 물고 늘어지더니 결국 이런 패배자로 전락하는걸요! 헛수고하느라 정말 수고 많으셨습니다! 하지만 그 점이 귀엽고, 내버려둘 수가 없어서······ 오히려 호감이에요! 더 해줬으면 좋겠어요! 진심으로 사랑할 수가 있다구요! 꺄하하하

하하하하하하! 꺄하하하하하하하하하하하하하하하하하하하하
하하하하하하하하!

그런 극심한 모욕에 반박할 여력도 없었다.

"큭…… 으윽……?!"

급속도로 무너져가는 자아를 겨우 유지하는 게 한계였기 때문이다.

몸에서 무언가가 **빠져나가고** 있다.

자신의 시간과 역사를 대부분 소비해서 싸웠기에 《신을 참획한 자》로서의 글렌은 빠르게 퇴화하고, 열화하고 있었다.

다른 무언가로 변해하고 있는 것이다.

"젠장, 망할! 이딴…… 결말……."

─꺄하하하하하하하하하! 히이야하하하하하하하하하하하하하
하하! 꺄하하하하하하하하하하하하하하하하하하하하하하하
하하하하하! 갸하하하하하하하하하하하하하하하하하하하하하!

《무구한 어둠》이 실컷 비웃는데도 글렌은 이를 악물 수밖에 없었다.

'……여기까지라고? 정말로?'

주위에 보이는 것이라곤 가차 없이 무너져가는 세계.

대지가, 하늘이, 바다가 퍼즐 조각처럼 산산이 부서져서 허공에 떠 있는 나락의 소용돌이로 모조리 빨려 들어가고 있었다.

이 세계의 모든 것이 허무로 분해되는 이 광경이 바로 한 분기 세계의 종말이었다.

'이렇게까지 했는데도…… 아무, 아무것도 이루지 못했어. 결국 아무것도 구하지 못했어. 그저 포기하지 않으면 충분하다고 믿고 하염없이 계속 걸어왔어. 그 녀석들을 위해, 그 녀석들의 세계를 위해, 저스틴을 위해……. 하지만 내가 해왔던 일은 역시 《무구한 어둠》의 말대로…… 무의미하고, 내 분수에 맞지 않는 헛짓거리였던 걸까……?'

글렌의 마음속에 그런 독이 퍼지기 시작한 순간.

"모욕하지 마아아아아아아아아아아아아!"

갑자기 저스틴의 고함이 울려 퍼졌다.

글렌이 고개를 들자 저스틴은 하늘을 올려다보고 있었다.

공포와 절망감에 몸을 떨면서도 의연하게, 격렬한 분노를 불태우는 눈에서 눈물을 흘리며.

저 하늘 위에서 불쾌하게 웃는 《무구한 어둠》을 노려보고 소리쳤다.

"스승님을 모욕하지 마! 스승님은…… 「정의의 마법사」야! 끝까지, 마지막까지 이 세계의 우리를 위해 필사적으로 싸워온! 세상 사람들이 뭐라 하든 스승님은 「정의의 마법사」야! 그런 스승님을 모욕한다면…… 난 절대로, 절대로 널 용서 못 해! 넌 내가 해치울 거야. 언젠가, 언젠가 반드시 이 내가. 반드시 이 세상에서 없애버리고 말겠어! 그 무엇을 대가로 바쳐서라도, 모두에게 부정당하더라도, 인간의 길을 벗어나게 될지라도…… 반드시! 반드시! 반드시! 반드시이이! 너만은! 너만은 내가 해치워버릴 거라고! 그것이야말로 내 「정의」! 유일무이한 「절대 정의」다! 각오해, 「악」! 으아아아아아아아아아아아아아아아아아아아아아아아아!"

그렇게 울부짖는 소년을 본 무구한 어둠은 거듭 비웃음을 날렸다.

―어머나~ 왜 그렇게 질질 짜면서 화를 내는 거죠? 아! 혹시 너 선생님이 열심히 싸우는 모습을 보고 감동한 거니? 꺄하하하하하하하하하하! 인간이라는 건 참 단순하네! 웃겨! 꺄하하하하하하하하하하하하하하하하하하하!

일방적으로 소년을 비웃은 후.

―그런데 미안~! 난 선생님이라면 모를까 하찮은 먼지가 대드는 걸 보고도 어른스럽게 참아줄 수 있는 인격자는 아니란다. 신이지만. 에잇~!

느닷없이 촉수를 휘둘러 글렌과 저스틴이 서 있는 작은 부유섬 같은 세계의 파편을 후려치자, 세상 전체가 위아래로 흔들리는 듯한 충격과 함께 파편이 깨지며 저스틴의 몸이 튕겨 날아갔다.

"으, 으아아아아아아아아아아아아아아아아앗?!"

산산 조각난 세계의 파편에서 내던져진 소년이 허무의 저편으로 떨어지고 있었다.

"저스틴!"

세계의 파편에 매달린 글렌이 반사적으로 손을 뻗은 순간.
……어째서일까.
왜 이 타이밍에, 이 위급한 순간에 하필 입에서 그 「이름」이 튀어나온 건지 알 수 없었지만.
글렌은 충동적으로, 영혼이 시키는 대로 저스틴에게 손을 뻗으며 그 「이름」을 외쳤다.
이제 와서는 그립기까지 한 그 「이름」을.

"잡아! 저티스!"
"스승님!"

글렌과 소년이 서로 손을 뻗었지만.

아쉽게도 간발의 차로 닿지 못했다.

"스, 스승님……."

이윽고 소년은 허무의 저편으로 사라지고 말았다.

"제기라아아아아아아아아아아아아아아아아알! 으아아아아아아아아아아아아아아아아아아아아아아아아아아아악!"

글렌은 세계의 파편을 주먹으로 내리치며 자신의 무력함을 한탄할 수밖에 없었다.

—바쁘신 와중에 죄송한데~ 당신도 이제 곧이거든요~?

쨍그랑!

그리고 마침내 세계가 종말을 맞이했다.

이 세계의 모든 것이 허무의 소용돌이 너머로 빨려 들어갔다.

"젠자아아아아아아아아아아아아아아아아앙!"

결국 허공에 내던져진 글렌도 어둠 속으로 떨어져 녹아버

리는 가운데.

　―아~ 오늘도 《무구한 어둠》 교통을 이용해주셔서 정말 감사합니다~! 《무구한 어둠》 교통을 이용해주셔서 정말 감사합니다~! 지금 「끝」역을 출발~ 「끝」역을 출발~! 다음 역은 「시작」역~ 다음 역은 「시작」역~! 승차하신 분은 근처에 날아다니는 적당한 파편을 단단히 붙잡고 부디 무사히 도착하도록 기도해 주시길 바랍니다~.

　불쾌하기 짝이 없는 《무구한 어둠》의 목소리만 귓가에 뒤틀린 메아리처럼 반복적으로 들려오고 있었다.

　　―――――.

　　――――.

　　―――.

　　――.

　　――.

――.

그리고 글렌은…….

단장 0→11

제국 궁정 마도사단 《엄마의 탑》 특무분실의 업무실.

멤버 대부분이 임무로 자리를 비운 탓에 우연히 혼자 대기 중인 저티스 로우판은 자신의 책상 앞에서 깍지를 끼고 눈을 감은 자세로 평소처럼 사색에 잠겨 있었다.

자신을 가리켜 「정의의 마법사」라 부를 뿐, 결국 마지막까지 진짜 이름을 가르쳐주신 않았던 **그 남자**를 생각했다.

'난 아직도 미숙해. **그 남자**의 발끝에도 미치지 못해.'

짜증이나 분노에 가까운 감정이었다.

필사적으로 발버둥 치며 나름대로 앞으로 나아가고 있지만, 골을 생각하면 조금도 나아가지 못한 것 같은 감각.

그런 답답함이 늘 마음속을 지배했다.

애당초 골에 도착하려면 어떻게 해야 하는지조차 알 수 없었다.

대체 어떻게 해야 그 남자와 같은 영역에서 싸울 수 있게 되는 걸까.

과거 자신이 타도하겠다고 맹세한 「악」.

지금의 저티스는 놈이 어떤 존재인지조차 알 수 없었다.

모든 것이 지식과 이해의 영역을 벗어나 있었다.

그렇기에 골은 너무나도 멀게만 느껴질 뿐이었다.

'……훗, 내가 할 수 있는 일을 하는 수밖에 없나.'

지금은 그것밖에 없으리라.

그래서 저티스는 이 세계, 르바포스에 표류한 후 원래 세계에서 쓰던 이름을 버리고 우여곡절 끝에 특무분실 소속 집행관이 되었다.

그 와중에 넘버 11《정의》를 받은 건 우연이었을까. 운명이었을까.

'그 남자는 분명 이렇게 말했어. ……그저 포기하지 않고 나아간 끝에 이렇게 됐다고. 「정의의 마법사」가 됐다고. 그렇다면 나도 그 말을 믿고 계속 앞으로 나아갈 뿐. 이 목숨이 다할 때까지.'

그래서 저티스는 일체의 자비도 없이, 용서 없이 「악」을 처단해왔다.

「정의」란 「악」을 처단함으로써 단련되는 법.

언젠가 「진정한 악」을 이 손으로 처단하기 위해, 죽이기 위해.

지금은 자신이 가진 송곳니를 조금씩 연마해나가는 수밖에 없었다.

자신의 「정의」를 관철하고 더 높은 영역으로 끌어올리기 위해 마침 이 알자노 제국의 이면에서 암약하고 있는 《하늘의 지혜 연구회》가 좋은 훈련 상대가 되고 있었다. 성장하기 위한 좋은 양분이 되어주고 있었다.

'……그 남자조차 「진정한 악」을 이기지 못했어. 패배했지. 그러니 난 그 남자를 넘어서야 해. 이겨야 해. 그 남자를 능가하는 절대적인 「정의」를 완성하지 못한다면 진정한 「악」을 처단하는 건 절대로 불가능해. 그 남자를 진심으로 모욕했던 「악」에게 죗값을 치르게 할 수 없어. 그러니 내 정의로 넘어서주지. 강해지겠어. 반드시!'

그걸 위해서라면 모든 걸 대가로 바쳐서라도.

모두에게 부정당하더라도. 거절당하더라도. 혐오당하더라도.

아무도 이해해주지 않아 고독해지더라도.

앞으로 나아갈 것이다.

그리 결심했다.

그날 저티스가 스승이라 불렀던 남자와 헤어지고 꽤 오랜 시간이 지났다.

이제 와서 돌이켜보면 그게 정말 현실이었는지 헷갈릴 정도로.

하지만 이 가슴속에는 분명한 결의와 감정이 남아 있었다.

아무리 긴 시간이 지나도 결코 지워지지 않는, 빛바래지 않는 분노가.

그것만이 자신의 절대적인 진실.

거기에 《정의》의 아르카나가 그— 저티스 로우판 또한 앞으로 나아가기 시작한 《광대》라는 사실을 증명해주고 있었다.

"있었구나, 저티스."

갑자기 문이 열리며 붉은머리 여성이 안으로 들어왔다.

특무분실 실장인 집행관 넘버 1 《마술사》 이브 이그나이트였다.

부친의 명령에 복종하며 주관이라곤 눈곱만큼도 찾아볼 수 없는 별 볼 일 없는 쓰레기 같은 여자지만, 그래도 제법 우수한 편이라 「악」을 죽일 수 있는 매력적인 임무를 계속 가져다주고 있어서 나름대로 상사 취급은 해주고 있었다.

"음? 실장. 무슨 일이지? 나한테 무슨 용건이라도?"

"……당신밖에 없나. 뭐, 됐어. 미리 소개해야겠네. 이번에 특무분실에 보충 요원이 한 명 들어온다고 했었지?"

"아, 그랬지. 들었어. ……그래서?"

"얼마 전에 《은둔자》 버나드가 맡았던 연수가 끝났어. 그래서 시험해봤는데…… 뭐, 나름 쓸 만할 것 같아서 정식으로 받아들이기로 했어. 애초에 일손이 부족해서 사람 가릴 처지는 아니지만."

"호오?"

"그렇게 됐으니 자, 들어와."

이브는 뒤를 돌아보며 밖에서 대기 중인 누군가에게 말했다.

그러자 새 집행관복을 입은 키가 크고 날씬한 체격을 한 흑발흑안의 청년이 안으로 들어왔다.

나름 넉살 좋은 성격인지 선배인 자신 앞에서도 위축되지 않고 가볍게 흘겨보며 고개를 숙일 뿐이었다.

"안녕하심까."

"……!"

그 순간, 저티스의 눈이 살짝 벌어졌다.

왜냐하면 눈앞의 이 남자가 그리운 기억 속의 **그 남자**와 어딘지 모르게…….

'……후. 기분 탓이겠지. 그럴 리가 있겠어?'

황당무계한 추측이라며 즉시 머릿속에서 털어냈다.

보면 볼수록 말도 안 되는 생각이었기 때문이었다.

일단 용모가 완전히 달랐고, 존재감도 전혀 달랐다.

마술사로서의 숙련도는 하늘과 땅 차이를 넘어 신과 먼지만큼 차이가 났다.

마력의 질도 전혀 다른 데다 저티스의 「눈」은 이 눈앞에 있는 남자가 밑바닥 삼류 마술사에 불과하다는 걸 즉시 간파해냈기 때문이다.

외우주의 사신들과 괴물들을 모조리 베어버리며 《무구한 어둠》과도 호각으로 싸웠던 최강의 마술사인 그 남자와 비교하는 것조차 실례였다.

이브와 버나드는 대체 뭘 보고 이딴 인간을 특무분실에 받아들인 걸까.

이런 빈약한 마술사는 기껏해야 반년도 버티지 못하고 순직할 텐데.

대체 왜?

왜 이 남자를 본 순간, 그리운 **그 남자**의 모습이 잠시나마 떠오른 건지 저티스는 도저히 이해할 수가 없었다.

'뭐, 아무렴 어때. 어차피 오래 볼 사이도 아닌데.'

하지만 곧 생각을 고치고 형식적으로나마 어른스럽게 인사를 받아주기로 했다.

"난 저티스 로우판. 집행관 넘버 11 《정의》야. 넌?"

"글렌. 글렌 레이더스라고 함다. 이번에 집행관 넘버 0 《광대》를 받게 됐죠. 앞으로 잘 부탁드림다."

"그래. 글렌인가. ……뭐, 죽지 않을 정도로만 열심히 해."

그리고 어디까지나 형식적으로 손을 내밀어 악수를 청했다.

자신을 글렌이라고 소개한 남자도 역시 형식적으로 그 손을 잡았다.

이것이 운명의 두 남자의 만남이었다.

그렇게 맞물린 톱니바퀴가 세차게 돌아가며 마침내 저티

스는 이 세계의 모든 진리와 진실을 알게 되고.

처음부터 그리 정해진 것처럼 글렌 또한 거기에 말려들며.

모든 것이 움직이기 시작한다.

그리고…….

최종장 21→0→???

―――――.

얼마나 오랜 시간이 지났을까.

작은 새의 지저귐이 들리고.

조금 싸늘한 바람과 아주 약간 따스한 햇볕을 피부로 느끼며.

나는, 눈을 떴다.

"……."

몸을 일으켰다.

왠지 몸이 이상했지만, 일단 주위의 상황만 확인했다.

"그 뒤로…… 뭐가 어떻게 된 거지?"

주위를 돌아보자 이곳은 어느 세계의 벽촌에 있는 광장이었다.

건물 양식을 보아하니 시대는 중세, 아니. 근대 초기일지도 모르겠다.

변경에 있는 시골마을인 모양이라 여기만 보고서 시대를 특정하는 건 아무래도 어려움이 있었다.

"……여긴, 어디지?"

사실 고민할 것도 없었다.

또 다른 세계에 표류한 것일 터.

"아니지, 이러고 있을 때가……!"

살아있다면 아직 멈춰 서 있을 때가 아니다.

여느 때처럼 같은 세계에 와 있을 《무구한 어둠》의 발자취를 추적해서 이 세계를 지키기 위해 싸워야만 했다.

그렇게 결심한 내가 일어서려 했을 때.

몸에서 굉장히 큰 위화감이 느껴졌다.

"……어?"

잘려나갔던 팔이 다시 붙어있었다.

아니, 그뿐만이 아니다.

팔다리가 묘하게 짧았다. 몸도 가벼웠다.

나는 황급히 몸을 구석구석 점검했다.

그러고 나서 알게 된 것은 내 몸이 매우 작아졌다는 것이었다.

즉, 이것은.

"설마 내가…… 어린애가 됐다고?"

그렇게 생각할 수밖에 없었다.

확실히 목소리도 변성기 전처럼 가늘고 높았다.

아무리 생각해도 그것밖에 없었다.

키와 골격과 근육 상태로 봐선 아마 열 살도 채 되지 않을 터.

"……말도 안 돼. 대체 무슨 일이 일어난 거야?!"

그 순간, 대체 어떻게 된 노릇인지.

요즘 들어서 더는 제자들의 얼굴조차 기억나지 않게 됐는데도.

몸이 어린애로 돌아갔기 때문일까.

아니면 나라는 존재의 근원적 풍경이었기 때문일까.

기억이 났다. 그리고 깨닫고 말았다.

"여, 여긴……! 이, 이 마을은……?!"

그 순간.

—꺄하하하하하하하하하하! 아하하하하하하하하하하하! 아하하하하하하하하하하하하하하하하하하! 꺄하하하하하하하하하하하하하하하하하하하!

주위에 소녀의 웃음소리가 울려 퍼졌다.

마치 세상의 온갖 더러운 소리와 불쾌한 소리를 응축시킨 듯한 역겨운 소리면서도, 지고의 악기와 연주가들이 모여 신의 영역에 닿은 악곡을 합주한 듯한 아름다운 소리.

상반되는 개념이 모순 없이 섞여서 조화를 이룬 그 목소리는, 듣고 있기만 해도 이성이 마모되고 영혼이 붕괴되는 듯한 소리의 형태를 한 맹독이었다.

그것이 대기를 타고 이 세상의 모든 것을 침식하며 썩게 하고 있다.

그런 소리로 된 저주를 퍼트리는 존재는 확실히 그럴 만한 역겨운 모습을 하고 있었다.

분명 인간의 모습을 하고 있기는 했다. 언뜻 보기엔 가련하고 귀여운 소녀다.

하지만 본질은 전혀 달랐다. 사기다.

영적인 시야로 본질을 들여다보면 거기에 존재하는 것은 나락처럼 펼쳐진 심연.

이 세상의 모든 「사악한 것」을 모아 한데 응축시킨 듯한 혼돈.

그야말로 인간의 모습을 한 심연의 밑바닥.

만천의 색채와 혼돈이 자아내는 순수하면서도 「무구한 어둠」이었다.

─눈치채셨나요~? 맞아요! 축하드려요, 선생님! 이 세계는 당신의 고향 르바포스! 지금은 성력 1841년! 그 천공성의

사투로부터 13년 전! 이곳은, 이 세계에서 당신이 가장 처음으로 눈을 뜬 마을! 당신이, 글렌 레이더스로서의 당신이 처음으로 시작된 마을! 당신의 시작점이 된 마을이에요! 모든 게 출발점으로 돌아간 거죠! 왜냐하면 당신은 나와의 마지막 싸움에서 《신을 참획한 자》로서 걸어온 시간과 역사를 전부 소모해버렸는걸요! 그러니 이렇게 출발점으로 돌아오는 게 당연하지 않겠어요? 그토록 애타게 그리워하던 고향에 돌아오는 게 결국 나에게 지고 난 뒤라니……, 운명이랄까, 우스꽝스럽달까!

"……?!"

—잠시 뒤면 이 마을에 제국 궁정 마도사단 특무분실의 집행관 넘버 16 《탑》 앙리에타 씨가 올 거랍니다~! 이 마을은 그녀에게 철저하게 파괴되고, 마을 사람들은 모조리 시체 인형으로 전락하고, 당신은 그녀의 포로가 되겠죠~! 아무튼 당신은 인간의 몸으로 신의 영역에 닿은 초 희귀한 존재니까요! 그녀의 실험동물이 돼서 몸도 마음도 만신창이가 될 가엾은 당신! 그래도 너무 걱정하진 마세요! 안심하시길! 어떤 「정의의 마법사」 씨가 당신을 구하러 와줄 테니까요! 예! 머잖아 이 마을에 파견될 제국 궁정 마도사단 특무분실의 집행관 넘버 21 《세계》 세리카 아르포네아 씨가 말이죠!

"아…… 아아……."

—한때의 변덕으로 당신을 거둔 그녀에게서 다시금 「글렌

레이더스」라는 이름을 받게 된 당신의 이야기가 다시 처음부터 시작되는 거랍니다! 세리카 씨를 동경하고, 그림책의 이야기를 동경해서 「정의의 마법사」가 되고자 했지만! 훗날 입대한 특무분실에서 드높은 현실의 벽을 직면하고 좌절하다 결국 사랑하는 연인 세라 씨를 잃은 후, 모든 걸 내던지고 방에 틀어박히게 되지만! 그 모습을 보다 못한 세리카 씨의 강권으로 교사가 되는 걸 계기로 격동의 대모험이 시작되는 거예요! 「다시 처음부터」요!

"……!"

—모쪼록 열심히 살아보세요! 그리고 또다시 수많은 갈등과 고뇌와 모험과 싸움을 넘어 나와 제대로 싸울 수 있는 영역까지 도달해주세요! 사실 고백하건대 난 이 세계만은 멸망시키고 싶지 않답니다! 에헷! 그야…… 사랑하는 당신이 있는 세계니까요!

"……."

—당신은 날 진심으로 즐겁게 해주는 유일한 인간! 당신과는 몇 번을 싸우고 서로 목숨을 노려도 질리지 않거든요! 그런 당신을 키워주는 이 세계를 아까워서 어찌 멸망시키겠냐구요! 아하하하하하하하하하하하하하하하하하!

뭐?

뭐야 그게.

그렇다는 건.

내가 걸어온 길도.

내가 겪어온 고난과 갈등도.

내가 얻어낸 답도. 결의도 전부, 전부…….

—예, 맞아요! 전부 내 손바닥 위에서 놀아나고 있었던 거
랄까요?

"……."

—참고로~ 이걸로 당신이 다시 처음부터 시작하는 게 몇
번째인지 아시나요? 정답을 알려드리죠! 76925909482945
799428598958428549852598928587989829582985298
5298529542958259828529859284285290914647029817
6315364785960062589441754908735243790707957836
5242647586958473635285908593838763781435438059
4375478473254739143276549483725243647858473625
2632738383363524430998765541324567484943009 88
9997762527987567132425627899000984774663524411
1278009984765355488976645651326898677566542899
0013245638948765367118299058746465334241177890
397587464654번째랍니다!

"……."

뭐야.

뭐야 그게.

대체 뭐냐고.

아무리 그래도 그건.

그래도 그렇지.

해도 해도 너무하잖아.

—푸흡! 매번 보는 거지만, 뭐예요 선생님! 그 얼굴은! 그래서 항상 몇 번이나 말씀드렸잖아요? 어때요? 이번에야말로 진짜 아셨나요? 이해하셨나요? 납득하셨나요? 체념하고 받아들일 마음의 준비는 OK? 밀랍 날개로 하늘에 도전한 왜소하고 사랑스러운 인간 씨! 인간에게는 무슨 수를 써도 넘을 수 없는 「벽」이 있다는걸! 당신의 「정의」는 겨우 그 정도였다는걸! 이 얼마나 우스꽝스럽고 사랑스러운지…… 꺄하하하하하하하하하하하하! 아하하하하하하하하하하하하하하하하하하하하하하하하하하하하하하!

"으아아악!"

용서 못 해. 용서 못 해. 용서 못 해.

이 녀석만은.

이 녀석만은 절대로……!

이 빌어먹을 쓰레기는 나를 뭐라고, 인간을 대체 뭐라고 생각하는 거지?

"우오오오오오오오오오오오오오오오오오오오오오오오오오!"

나는 이 소녀의 모습을 한 악을 어떻게든 이 자리에서 해치우기 위해 지금까지 쌓아온 신비들을 발동하려 했다.

그러나 아무것도 이루어지지 않았다.

세계석도 조금 전의 세계 붕괴에 말려들었을 때 소실된 것 같았다.

—나 참~ 방금 리셋된 당신이 그런 걸 쓸 수 있을 리 없잖아요~. 그건 앞으로 당신이 다양한 고난과 갈등과 모험을 겪고 성장해야 비로소 쓸 수 있게 되는 거니까요! 룰 위반은 좋지 않답니다?

"시끄러! 닥쳐! 닥쳐어어어어어어어어어어어어어!"

—괜찮아요! 걱정하실 건 아무것도 없어요! 이제 곧 당신의 기억도 리셋될 테니까요! 몸도 마음도 어린애로 돌아가는 거죠! 초심으로 돌아가 기초부터 하나씩 다시 쌓아가는 거예요! 재능이라곤 눈곱만큼도 없으니까요! 파이팅!

"웃기지 마! 웃기지 마아아아아아아아아아아아! 이 개자식아! 웃기지 말라고오오오오오오오오오오오오오오오오오오오!"

하지만 아무래도 《무구한 어둠》의 말대로였는지.

이러는 사이에도 나는 점점 내가 아니게 되어가고 있었다.

지금 이 순간에도 수많은 기억이 새하얗게 표백되고 있는 걸 알 수 있었다.

이대로면 이윽고 난 이 몸에 어울리는 어린애가 될 것이다.

"……제길! 내가 이딴 결말을 인정할 것 같아?! 인정할 것 같냐고!"

―그~러~니~까~ 결말이 아니라니까요? 시작이라구요!

분노와 절망에 잠긴 난 머리 위에 있는 소녀의 모습을 한 혼돈을 노려보았다.

하지만 어쩔 수 없었다.

더는 아무런 방법이 없었다.

싸움은 이미 끝났다.

나는, 내 모든「정의」를 건 싸움에서 완벽하게 패배했으니까.

―자, 그럼 나와 당신의 즐겁디즐거운 이야기는 여기서 끝! 사랑스러운 당신과의 대화도 슬슬 막을 내려야겠네요! 이번 회차는 말이죠!

그제야 날 비웃는 걸 멈춘 소녀의 모습을 한 혼돈이 손가락을 튕기자 이 세계의 공간 전체에 거미줄 같은 균열이 일어나더니, 곧 유리가 깨지는 듯한 소리와 함께 세계 전체가 퍼즐 조각 같은 파편으로 붕괴되며 어두워졌다.

그리고 혼돈은 세상 끝까지 닿을 듯한 비웃음 소리와 함께 심연 속으로 녹아들기 시작했다.

"멈춰! 도망치는 거냐?!"

―쿠후훗, 그럴 리가요. 이젠 아시잖아요? 내가 진심으로 사랑하는 당신. 나와 당신은 운명적인 존재. 우리는 또 언젠가 다시 만날 거예요. 내가 나인 한, 당신이 당신인 한은 말이죠. 예. **이건 끝이 아닌…… 모든 것의 시작**이니까요! 그럼 다음에 또 뵙도록 하죠! 정말 수고 많으셨습니다!

"으, 으, 으아아아아아아앗! 웃기지 마아아아아아아아아!"

나는 필사적으로 소녀의 모습을 한 혼돈에게 달려가 손을 뻗었다.

하지만 아무리 애를 써도 닿지 않았다. 너무나도 멀었다.

소녀의 모습을 한 혼돈은 지금도 빛의 속도로 심연 너머로 떠나가고 있었다.

"젠장! 젠장! 젠장! 제기라아아아아아아아아아아아아아아아아알! 대체 날 얼마나 얕봤으면! 얼마나 만만하게 봤으면 이런……! 용서 못 해……. 두고 봐, 너만은…… 너만은 무슨 일이 있어도……! 으, 으아아아아아아아아아아아아아아아아!"

내 원한과 분노와 절망도 공허한 심연 속으로 흩어지고 있었다.

그저 무자비하게. 무의미하게. 잔인하게.

그리고.

모든 것이 닫히고 암전했다.

다음에 내가 눈을 떴을 때 난 이미…….

————.

———.

하하하…… 빌어먹을, 장난해?
아무리 그래도 이건 너무 불합리한 거 아냐?
아무리 신이라지만 정말 이래도 돼?

—선생님, 바보예요?

—아무리 신이라도 그런 일이······.

—용납될 리 없잖아요!

"……?!"

파앗!

그 순간.
빛이…….
세상에 빛이 흘러넘쳤다.
심연 속으로 가라앉고 있던 내 의식이 강제로 끌어올려졌다.

투둑.
공간에 균열이 생겼다.
투둑. 투두둑.
그리고 곧 그것은 공간 전체로 무한히 퍼져 나가며.

쨍그랑!

세계를 뒤덮은 어둠을 깨부수었다.
어둠이 유리가 깨지는 듯한 소리를 내며 허공으로 낙하해 안개처럼 흩어졌다.
그러자 내 시야도 단숨에 개였다.
어마어마한 바람이 내 몸을 위에서 아래로 후려치고 있었다.

"뭐, 뭐야 여긴……!"

—어?!

나와 《무구한 어둠》이 동시에 경악했다.

아무래도 이건 《무구한 어둠》도 예상하지 못한 사태인 것 같았다.

여태껏 한 번도 무너진 적 없었던 여유 있는 표정이 지금은 확실히 무너져서 당혹스러워하고 있었다. 곤혹스러워하고 있었다. 연기가 아니었다.

"뭐야! 대체 무슨 일이 일어난 거지?"

나는 주위를 둘러보았다.

여긴 아득히 높은 하늘 위였다. 지상이 어마어마하게 멀었다.

새벽녘의 눈부신 여명의 세계.

지평선의 능선에 걸린 백은빛 태양이 마침 밤의 장막을 찢고 있었다.

다시 주위를 둘러보자 많은 것들이 떠다니고 있었다.

거대한 돌 같은 파편이 신기루처럼 투명한 상태로 공간 전체에 수없이 많이.

"이건, 설마 『멜갈리우스의 천공성』의…… 잔재?"

게다가 손과 몸을 내려다보니, 어느새 난 아이의 몸이 아니었다.

늘 입는 셔츠와 넥타이와 바지, 그리고 너저분한 망토.

잃어버린 아르 칸은 손에 없었지만, **원래 모습으로 돌아와 있었다.**

시스티나, 루미아, 리엘과 함께 천공성에서 싸웠던 그 시절의 모습으로.

"아니, 이건……."

능력을 확인해보니 이건 저티스와 싸운 직후의 상태였다. 지금까지 신으로서 걸어왔던 긴 여정이 마치 악몽이었던 것처럼.

그렇다는 건.

설마.

설마 내가…….

"돌아왔어? 그리운 그 세계와 그 시대로……?"

그런 내 독백을 긍정하듯.

"선생니이이이이이이이이이이이이이이이이이이이이이이이임!"

아득히 먼 하늘 저편에서 누군가가 내려왔다.

시스티나.

루미아. 리엘. 남루스.

이브.

알베르트.

과거에 지키고 싶었던, 이제 두 번 다시 만날 수 없으리라
여겼던.

자신의 둘도 없이 소중한 동료들이었다.

왼손에 「무언가」를 높이 든 시스티나를 시작으로 이쪽을
향해 엄청나게 빠른 속도로 내려오고 있었다.

"너, 너희가…… 어떻게?"

"선생님!"

"선생님!"

"……글렌!"

"우와아아아아아아아아아앗?!"

내려오는 속도 그대로 시스티나, 루미아, 리엘, 남루스에게
안겨버린 글렌은 그 충격으로 하마터면 속을 게워낼 뻔 했다.

"이 바보 마스터! 바보바보바보바보바보! 죽어! 그냥 죽어!"

"아야야야야야얏! 아파! 아파! 아프다고!"

눈시울을 적신 남루스가 뒤에서 화난 표정으로 글렌의 뺨
을 있는 힘껏 꼬집어 당겼다.

"후우~ 이 섬세함이라곤 눈곱만큼도 없는 남자한테 해주고 싶은 말이 산더미처럼 많았는데…… 어째 타이밍을 놓친 것 같네."

조금 떨어진 곳에서는 이브가 손바닥으로 이마를 누른 채 한숨을 내쉬었다.

"아야야야! 아파! 무거워! 뭐야! 너희들 이게 대체 어떻게 된 건데?!"

상황을 이해하지 못한 글렌이 당황하고 있자 불현듯 누군가가 어깨를 두드렸다.

"……."

그쪽으로 고개를 돌리자 변함없이 맹금류처럼 날카로운 눈을 한 알베르트가 서 있었다.

"……알, 베르트?"

"꽤 무모한 짓을 저지른 모양이더군, 글렌."

딱히 책망하는 기색도 없는 담담한 목소리였다.

"하지만 이제 혼자서 짊어질 필요는 없다."

그리고 글렌 앞으로 나와 하늘 위의 《무구한 어둠》을 노려보았다.

"너…… 아…… 미안."

변함없이 냉담하고 무뚝뚝한 태도였지만, 글렌은 자연스럽게 눈가가 뜨거워지는 것을 참을 수 없었다.

"뭐, 다들 선생님께 하고 싶은 말이 잔뜩 있지만요!"

"맞아! 그건 전부 나중에!"

"응! 지금은…… 그러니까 무구의…… 아무튼 저걸 해치워야 해!"

시스티나, 루미아, 리엘의 그 말을 신호로 전원이 글렌을 중심으로 전개해서 무구한 어둠과 싸울 태세를 취했다.

보기만 해도 정말 가슴이 뜨거워지는 광경이었다.

"……이게 대체 어찌 된 노릇이지?"

—그, 그러게요. 대체 어떻게……? 지금까지 이런 전개는 단 한 번도 없었는데…….

하지만 글렌은 물론이고 《무구한 어둠》 또한 놀라움과 당혹스러움을 감추지 못했다.

"후훗, 이거예요. 이거."

그러자 시스티나가 왼손에 든 물건을 높이 들었다.

"……【빛나는 트라페조헤드론】?"

"예. 꿈과 현실의 경계를 조작하는 비보. 마왕 펠로드가 창조하고 저티스가 개량해서 저에게 맡긴 마왕유물. 이 힘을 써서 꿈과 현실을 완전히 뒤바꾼…… 게 아니라! **새로운 세계선과 새로운 미래를 만들어낸 거예요! 우리가!**"

글렌과 《무구한 어둠》이 벌어진 입을 다물지 못하는 한편, 시스티나는 진심으로 안도한 듯 숨을 내쉬었다.

"……진짜, 어려웠어요. 이 비보를 이 영역까지 승화시키는 건. 늦지 않아서 다행이에요. 포기하지 않고, 계속 나아간 보람이 있었어요!"

─웃기지 마아아아아아아아아아아아아아아!

그러자 《무구한 어둠》이 절규했다.

─그런 말도, 말도 안 되는 일이 어딨어요! 꿈과 현실을 뒤바꿔서 새로운 세계를 창조해?! 그, 그런 건…… 일개 인간이 해낼 수 있는 일이 아니라구요! 왜냐하면 그건 내 주인의 권능…….

"너, 신 주제에 기억력이 너무 나쁜 거 아냐? 내가 방금 말했지? **우리**가, 라고!"

─……?!

눈을 크게 뜬 《무구한 어둠》에게 시스티나는 의기양양하게 웃으며 말했다.

"맞아! 꿈이었어! 그 시대를 살아간 인간 모두의 꿈! 「글렌 선생님이 있는 세계」! 그게 우리의 꿈이었어! 많은 사람이 바란 꿈이었기에…… 모두가 다 같이 꿔온 꿈이었기에…… 이루어진 거야! 모든 인류가 꿔온 꿈이 지금 이루어진 거라고!"

그리고 글렌을 돌아보고 미소 지었다.

"선생님…… 포기하지 않고 걸어온 당신의 마음이, 소원이 마침내 이루어진 거예요. 저희도, 마왕 펠로드도, 저티스조차…… 선생님이 늘 포기하지 않으신 덕분에 모두가 그 등을 좇아 걸어올 수 있었어요. 이 기적을 빚어낼 수 있었던 거예요. ……결국 전부 선생님의 말씀대로였다구요."

—세, 세상에…… 당신들…… 지금 대체 무슨 저지른 건지 알기는 해요?!

무구한 어둠이 떨리는 목소리로 중얼거렸다.

과거에 무한에 가까운 인간들의 존재 정보를 통합해서 아카식 레코드에 도달하려 했던 광기의 마술사가 있었다.

그녀의 이름은 알리시아 3세.

4백 년 전의 알자노 제국을 통치한 13대 여왕.

그녀가 완성하려 했던 아카식 레코드―『A의 오의서』.

아카식 레코드가 하나이자 전부, 전부이자 하나인 것에 착안점을 두고 전 세계 인간의 공통 심층의식― 전 인류와 이어진 집합 무의식을 하나로 통합해서 아카식 레코드에 도달하고자 했던 이론.

물론 당연히 불가능한 일이었기에 집합 무의식이 전부에 가까워질 때까지 강제로 통합하는 것이 바로 『A의 오의서』였고, 『문의 신』의 힘을 이용해서 차원의 벽을 넘어 전부에 도달하는 것이 바로 마왕 펠로드와 저티스가 수많은 희생을 치러가며 저지른 폭거였다.

그러나 만약 전 인류의 집합 무의식을 단 하나의 목적만을 위해 한없이 전부에 가까운 수준으로 통일할 수 있다면?

그것이야말로 아카식 레코드의 현현이 아니고 무엇일까.

본디 가진 힘에 비하면 기껏해야 한 페이지나 될까 말까 한 수준이지만.

그 단 하나의 목적을 이루기 위해 발휘되는 힘은 만능이 자 전지전능.

그렇다. 어떤 의미에서 그들은. 이 세계는 마침내 도달하고야 만 것이다.

아카식 레코드에.

그것은 글렌이 걸어온 길 너머에 엄연히 존재하고 있었다.

―거짓말…… 이딴 건 전부! 전부 거짓말이에요! 혹여 진실이라 해도 당신들 같은 하등하고 우스꽝스러울 뿐인 웃기는 장난감이 이런 신에 필적하는 위업을 이뤄낼 리가……!

"아, 시끄럽네 진짜!"

결국 시스티나가 폭발했다.

"넌 이제 그만 지껄여! 그냥 불쾌하고 짜증 나기만 하니까! 마리아는 귀여웠는데 똑같은 몸과 얼굴은 한 주제에 이 차이는 대체 뭔데?! 슬슬 못 참겠으니 그 아이의 몸을 돌려받아 갈게!"

―뭐……?

시스티나는 어이없어하는 《무구한 어둠》을 무시하고 손가락을 튕겼다.

그리고 그 소리가 마력 신호로 변해 지상과 하늘을 연결했다.

———.

지상.

현재 알자노 제국 마술학원의 본관 옥상에는 거대한 마술법진과 용도를 알 수 없는 마도기기와 모노리스형 마도 연산기가 발 디딜 틈도 없이 쌓여 있었다.

"드디어 왔구나! 왔어! 애타게 기다리던 신호가 왔다고오오오오오오오오오오오오오오오오!"

모노리스형 마기퓨터로 시스티나의 신호를 받은 마도공학 교수 오웰은 미친 듯이 흥분하며 장치를 조작하기 시작했다.

"당장 기동해볼까! 그건 그렇고 할리 선생! 괜찮겠어? 이 마도장치의 기초 이론은 네가 전부 정립한 건데! 정말 자신 있어?"

"흥. 이 천재에게 실패란 있을 수 없다."

할리가 코웃음을 치며 안경을 올려 썼다.

"아무리 외우주의 신이라 한들 이 물질계에서는 물질계의 법칙에 속박되기 마련. 그렇다면 파고들 틈은 틀림없이 있다. 《천공의 타움》의 힘을 빌렸을 뿐만 아니라 하물며 이 학교에는 그 분야에 정통한 교사들이 다수 포진되어 있으니 말이지. ……저들의 지혜를 빌렸는데도 이론 하나 정립하지 못해서야 어찌 천재라 할 수 있겠나."

그리고 뒤로 힐끔 시선을 보냈다.

"음! 할리 군의 이론은 틀림없이 완벽하네!"

"예! 저도 육체와 영혼의 에테르 법의학 이론 분야에서 도움이 될 수 있어서 영광이었어요!"

"거참! 덕분에 마도고고학을 연구할 시간이 줄었다고! 이걸 누가 책임질 거야!"

그곳에는 백마술의 권위자 체스트 남작과 교내 법의사 세실리아와 이런 상황에서도 변함없는 마도고고학 교수 포젤을 비롯해 할리의 술식 개발에 협력한 교수와 강사들이 모여 있었다.

"……부탁하네, 오웰 군. 시작하게."

그리고 마지막으로 아내 셀피와 함께 있는 릭 학원장이 입을 열었다.

"오케이! 그럼 이름하여 마도장치 『기계 장치의 신』! 지금이 바로 네 힘을 발휘할 순간이다아아아아아아아!"

————.

—아아아아아아아아아아아아아아아아아아아아아아아아아아

아아아아아아아아아아아아아아아?!

 그 순간, 하늘과 땅끝까지 닿을 듯한 거대한 마술법진이 전개되나 싶더니 《무구한 어둠》의 몸을 단단히 구속했다.
 그러자 《무구한 어둠》의 표정이 고통스럽게 일그러졌다.
 "후홋, 역시 알자노 제국이 자랑하는 세계 최고봉의 두뇌들…… 나도 꽤 높은 위계에 올랐지만, 여전히 배울 게 많은 것 같네."
 시스티나가 의기양양하게 웃었지만, 《무구한 어둠》은 거기에 신경 쓸 겨를이 없었다.
 ─아아아?! 뭐죠? 이게 대체 뭐냐구요! 제길, 내 몸이…… 내 본질이…… 분리되고 있어?!
 몸에서 뭔가가 시시각각 위로 끌려 나가고 있었다.
 그럼에도 피할 수도, 막을 수도 없었다.
 《무구한 어둠》은 현재 이 세계에, 자신을 배제하고자 하는 아카식 레코드 그 자체인 이 세계에 존재했기에 그 영향권을 벗어날 수 없었기 때문이다.
 ─크아아아아아아앗?!
 세계라는 무대 위로 끌려나온 괴물은 분명 인간의 모습을 하고 있기는 했다.
 하지만 이형의 촉수나 갈고리발톱을 비롯한 디테일한 부분은 검은 부정형 살덩어리라고밖에 표현할 방법이 없었다.

혼돈이 소용돌이치는 얼굴 없는 머리는 항상 변화하고 있어서 보는 이에게 그 진실된 모습을 알 수 없게 하는 이것이야말로 인간의 모습을 한 심연의 밑바닥.

만천의 색채와 혼돈이 자아내는 순수한 「무구한 어둠」의 진정한 모습이었다.

그리고 《무구한 어둠》이 마리아의 몸에서 완전히 분리된 순간, 그녀의 몸이 사라졌다.

─앗?!

"미안하지만, 마리아의 몸은 지상으로 전송했어!"

의기양양하게 웃는 시스티나에 이어 남루스가 설명했다.

"《무구한 어둠》. 아우터 갓이 이 지상, 물질계에 현현할 때 반드시 육신을 두르는 건 결국 육체가 없는 상태로는 물질계에서 존재를 유지할 수 없기 때문이야. 그렇지 않았다면 이 우주의 모든 세계는 이미 훨씬 전에 당신들에게 유린당했을 테니까."

─……?!

"뭐, 당연하다면 당연하잖아? 물질계와 그 바깥쪽에 있는 외우주는 서로 다른 규칙이 적용되는걸. 당신들은 적지에서도 마음껏 전력을 낼 수 있는 편리한 존재가 아니잖아? 다시 말해, 지금의 당신은 존재를 유지하기 위해 마력을 전력으로 방출해서 억지로 육신을 두른 상태. 하물며 그것도 「분령」이 아닌 「본체」의 터무니없는 존재량을 유지하려면 대체 얼마나 많은 마력이 필요할까? 아~ 분명 어마어마하겠지? 요컨대, 이건 알자노 마술학원에서 당신에게 보낸 대사신 전용 궁극 디버프 겸 학생 반납 요구서인 셈이야. 뭐, 아마 **그 외의 힘**도 작용하고 있겠지만?"

남루스는 의미심장한 눈으로 이 세계를 훑었다.

"미리 말해두는데 아무리 상황이 불리하다지만 도망칠 생각은 접어. 나 또한 《천공의 타움》. 외우주에 존재하는 강대한 사신 중 하나. 정상적인 상태의 당신이라면, 혹은 반쪽뿐이었던 예전의 나였다면 모를까 적지에서 줄줄 새어 나가는 마력 때문에 전력을 낼 수 없는 당신을 놓칠 정도로…… 약하진 않아!"

그렇게 선언한 남루스가 자신의 《황금 열쇠》를 휘두르자, 빛의 격자로 이루어진 반구형 우리가 하늘을 뒤덮었다.

시간과 공간의 뒤틀림으로 자아낸 감옥.

아무리 《무구한 어둠》이라고 한들 육체가 없는 상태로 여기서 빠져나가는 건 결코 쉽지 않으리라.

─야, 너…… 네가 어떻게 여기 있는 거지? 《전천사》.

"……."

잠시 넋을 잃고 그 광경을 지켜보던 《무구한 어둠》이 입을 열었다.

─원래대로라면 넌 지금쯤 혼자서 마스터, 《신을 참획한 자》를 찾아다니고 있어야 하잖아? 그러는 과정에서 《전천

사》라 불릴 만한 고위 존재가 되지만, 결국 찾지 못하고 어딘지 모를 세계에서 내 권속의 손에 죽었어야 하잖아? 《전천사》로서의 힘만 회수당한 채 내 몇 번째인지 모를 권속의 장난감이 돼야 하잖아? 그런 불쌍하고 우스꽝스러운 꼴이 네가 맡은 역할이었잖아? 그런데 그래야 하는 네가 왜 아직 이 세계에 있는 거지? 심지어 벌써 《전천사》급의 힘을 가진 채로! 대체 어떻게?!

"……아아, 역시 그랬던 거구나. 뭐, 상관없잖아? 이번엔 그렇게 안 됐으니까.

—망할! 이쪽은 상관 있다고오오오오오오오오오오오오오오!

"시끄럽네, 진짜. 아무튼 당신은 슬슬 소멸해버리기나 해. 예전 마스터의 원통함, 그리고 이번 마스터의 분노와 울분. 그리고 내 분노를 전부 풀어주겠어."

—하, 하하하, 아하하하하하…… 뭐야. 뭘 그렇게 정색하는 건데?

이윽고 이성이 돌아온 《무구한 어둠》이 비웃음을 흘렸다.

이 세계의 모든 더럽고 불쾌한 소리를 응축시킨 듯한 역겨운 소리인 동시에 지고의 악기와 연주가들이 모여 신의 영역에 닿은 악곡을 합주한 듯한 아름다운 소리가 이 자리에 있는 전원의 고막을 헤집었다.

—이런 잔재주에 걸린 건 처음이라 조~금 놀란 것뿐인데!

뭘 벌써부터 다 이긴 것처럼 구는 건지 모르겠네! 이 정도쯤! 이 자리에 있는 콩알들을 하나씩 짓밟아버리고, 《천공의 타움》도 죽이고, 지상을 불태우고, 인간들을 몰살해버리고, 가짜 아카식 레코드를 파괴한 다음 빙의체를 되찾으면 그만일 뿐이잖아요~? 그런데 웬 잘난 척~? 꺄하하하하하하하하하하하하하하하하하하하!

"어디 해보든지? 할 수 있다면."

남루스가 그렇게 반박한 순간.

"권속비주지극【제7원】—《무간대연옥진홍·염천》!"

세상이 밝게 빛났다.

열량이 상승할 때마다 불꽃색이 적, 등, 백, 청, 흑으로 단숨에 바뀌다 종국에는 루비처럼 투명하고 아름다운 진홍색으로 타오르며 무한 열량에 도달하자, 세계가 붉디붉게 물들었다.

—끄아아아악?!

모든 마술 방어를 통째로 불사르는 무한 열량 앞에서는

제아무리 《무구한 어둠》이라 한들 견딜 수 없었는지 꼴사나운 비명을 내질렀다.

"공교롭게도 불에 타는 건 당신 쪽이었던 모양이네."

고통스러워하는 《무구한 어둠》에게 이 불꽃을 시전한 장본인, 이브가 말을 걸었다.

—이, 이 열량은…… 설마 우주 개벽의 태초의 불?! 말도 안 돼! 이건 거짓말이야! 어, 어떻게 인간이, 인간 따위가 이런 열량을……!

"홍, 끈질기긴. 아무래도 타들어간 부분부터 마력으로 단숨에 무한 재생을 반복하나 보네."

—크, 아, 아……!

"당신의 잔재 마력은 얼마나 남았을까? 억? 조? 아니면…… 무한? 응, 그래도 상관없어! 나도 당신을 무한히 태워줄 테니까!"

완벽히 제어된 불꽃에 영향을 받는 건 《무구한 어둠》뿐이었다.

이브의 불꽃이 한층 더 뜨겁고 붉게 빛나기 시작했고, 이 무한 열량 앞에서는 아무리 외우주 최강급 사신이라 해도 무사할 수는 없었다.

—짜증 나아아아아아아아아아아아아아아아아아! 이 노처녀 인간 계집 따위가아아아아아아아아아아아아아아아아아아아아아! 고작 태초의 불에 도달한 정도로 감히

이이이이이이이이이이이이이이이이이이이이이!

날파리처럼 여겼던 존재에게 호되게 당한 《무구한 어둠》
은 분기탱천해 전신에서 촉수를 내뿜었다.

그렇게 공간의 균열과 틈새로 파고든 수천, 수만에 달하
는 촉수 하나하나가 차원을 넘고 가까운 과거에서, 가까운
미래에서, 평행 세계에서 인과율을 넘어 4차원적 의미의 전
방위에서 이브를 향해 날아들었다.

"네 맘대로 될 줄 알고!"

하지만 시스티나가 날린 차원을 넘어 세상 끝까지 닿는 빛
의 바람이.

"이제 와서 그 정도쯤!"

루미아가 휘두른 시간과 공간을 지배하는 《은 열쇠》가.

"이이이이이이야아아아아아아아아아아아아아아아
아아압!"

리엘이 휘두른 모든 개념과 운명조차 베어버리는 은색 검
광이.

"별것 아니군."

알베르트의 모든 것을 이해하고 간파하는 오른쪽 눈으로

조준해서 날린 전격 마술이.

모든 방향에서 빛의 속도로 날아오는 촉수들을 모조리 날려버리고, 막고, 추방하고, 터트리고, 베어버리고, 격추했다.
—아앗?! 말도 안 돼! 다, 당신들의 힘이 이 정도라니……?!

"하아아아아아아아아아아아아아앗!"

그렇게 경악하는 사이에도 하늘을 향해 왼손을 높이 든 이브의 무한 열량이 한층 더 아름다운 진홍색으로 빛나며 《무구한 어둠》을 불태웠다.

—앗 뜨거워! 뜨거워! 뜨겁다고 하잖아! 이 빌어먹을 년이 적당히 좀……!
"빈틈 발견."
—으꺄아아아아아아아아아아아아아아아아아아아아아아아아악!
하늘 위에서 날아든 리엘의 정수리 쪼개기가 깔끔하게 들어갔다.
"흐읍!"
이어서 루미아가 날린 블랙홀이 《무구한 어둠》의 몸을 완전히 구겨버렸고.

"야아아아아아아아아아아앗!"

광속을 초월한 시스티나의 바람이 만들어낸 절대영도가 인정사정없이 몸을 붕괴시킬 때마다 《무구한 어둠》은 비명을 지르며 괴로워할 수밖에 없었다.

"뭐, 뭐랄까…… 엄청나구만."

그런 동료들의 분투를 그저 지켜보고만 있던 글렌이 입을 열었다.

"그건 그렇고…… 대체 어떻게 된 거지? 너 나 할 것 없이 또 위계가 올랐잖아? 게다가 지상에 있는 사람들과의 연계도 그렇고 여러모로 준비성이 너무 좋은 거 아냐?"

"당연하지. 그만큼 준비해왔는걸."

그러자 남루스가 옆으로 다가왔다.

"……뭐?"

"당신이 《무구한 어둠》과 함께 이 세계를 떠난 뒤…… 다들 당신을 끝까지 포기할 수 없었어. 당신이 없는 거짓된 평화를 받아들일 수 없었다구. 그래서…… 다들 저 아이를, 시스티나를 믿어본 거야. 당신의 수제자를."

남루스와 글렌은 시스티나를 올려다보았다.

지금 그녀는 저 《무구한 어둠》을 상대로도 한 치의 양보도 없이 대등하게 싸우고 있었다.

아니, 루미아와 리엘의 지원 덕분에 오히려 압도하고 있을 정도였다.

"저 아이가 진정한 【빛나는 트라페조헤드론】을 완성할 때를 대비해서…… 모두가 조금씩 준비를 진행해왔어. 저마다 필사적으로."

"……."

"물론 저 아이가 제안한 터무니없는 망상을 처음으로 들었을 때는 믿지 못한 사람도 많았지만, 그저 우직하게 계속 준비를 진행해나가는 저 아이의 모습이 마치 당신을 보는 것 같아서…… 결국 다들 시스티나를 믿게 됐어. 믿고 싶어진 거야. 그저 포기하지 않고 계속 나아가면 된다는 당신이 도달한 답처럼."

"……."

"이건 당신이 맺은 결실이야, 글렌. 당신…… 아니, 모두의 노력이 보답받은 거겠지."

남루스는 눈을 감으며 작게 미소 지었다.

그녀의 뺨을 타고 눈물이 흘러내린 순간.

―크아아앗!

《무구한 어둠》이 전신에서 대량의 마력을 방출해서 시스티나 일행을 떨쳐냈다.

―이런 망할! 쓰레기들이 까불고 있어! 그래, 알았어. 알

았다구요. 조금은 인정해드리죠. 이 쓰레기 자식들아! 확실히 인간치곤 제법이네요! 하지만 그래봤자 당신들은 인간, 그리고 나는 신! 둘 사이엔 넘을 수 없는 절대적인 벽이 있답니다!

"호오? 벽이라."

—예! 벽! 당신들 인간은 아무리 발버둥 쳐봤자 신인 이 몸의 본질을 이해할 수 없어요! 왜냐하면 난 평범한 신이 아닌 혼돈 그 자체인걸요! 《신을 참획한 자》조차 소멸시키지 못했던 날 당신들 인간이 어찌할 수 있을 리 없잖아요! 여기서 아무리 날 죽여도 내 존재를 소멸시키는 건 절대로 불가능해요! 어차피 또 혼돈이 휘몰아치는 외우주에서 부활할 테니! 거 참, 유감스럽게 됐네요! 풉! 바보들이 나대기는! 만약 만에 하나 내가 여기서 진다고 해도 반드시 이 세계로 돌아와서 아주 끔찍한 최후를 선사해드리죠! 꺄하하하하하하하하하하하하하하하하하하하하하하하하하하하하하!

"그렇군. 그럼 꼭 그렇게 해보도록. ……다음이 있다면 말이지만."

—아니, 당신은 또 누구예요. 아까부터 신경 거슬리게 계속…… 아앙?

《무구한 어둠》은 그 순간 굳어버릴 수밖에 없었다.

조금 전부터 자신의 말에 대답하고 있던 남자, 아니. 정확히는 황금색으로 타오르는 그의 「오른쪽 눈」을 봤기 때문이다.

—어? 잠깐…… 뭐야, 그게. 설마…… 【선리안】? 어, 어떻게 그런 게…… 이런 세계에……?

　"인간이 신을, 혼돈을 이해할 수 없다고 누가 정했지? 늘 이해할 수 없는 것에 도전하며 극복한 영원의 탐구자가 우리들 인간이다. 마술사다."

　알베르트는 담담한 목소리로 말했다.

　"……별것 아니군. 난 너라는 존재를 이해했다. 이로써 넌 소멸시킬 수 없는 혼돈의 신이 아닌 그저 강하기만 한 「괴물」로 전락했다. 그런데 언제까지 포식자처럼 굴고 있을 거지? 지금의 넌 그저 사냥감에 불과하거늘."

　그리고 말이 끝나는 동시에 《무구한 어둠》을 손가락으로 겨냥했다.

　『칠성검』— 흑마 【라이트닝 피어스】의 7회 동시 발동.

　손끝에서 방출된 일곱 개의 전격이 고속으로 허공을 종횡무진 날아다니며 넋을 잃은 《무구한 어둠》의 몸을 난도질하고 꿰뚫었다.

　—아악! 커흑! 으가아아아아앗! 아파! 진짜 아파아아아아아아아아아! 이건 네놈들의 저속한 마술로 낼 수 있는 위력이 아니잖아! 이 썩은 눈깔 자식아아아아아아아아아아아아아아아!

　《무구한 어둠》은 여태까지 중 가장 괴롭게 몸부림쳤다.

　—키캬캬캬캬캬캬…… 하지만 아까운걸요? 저 빨간 중고

노처녀 할망구나 구린내 나는 암돼지 고양이에 비하면 출력이 부족하다구요오오오오오오오오오오오오오오!

"······!"

─확실히 네놈의 공격이 가장 아프긴 했지마아아아안! 이 정도의 마력으로는 물리적인 의미로 죽어줄 수 없다고, 이 등신아! 아아아아아아아아아아! 아까워라~! 네놈의 썩은 동태 눈깔이 빨간 할망구나 백돼지한테 달렸으면 좋았을 텐데에에에에에에에에에에에에에에에에!

분하지만 《무구한 어둠》이 지적한 대로였다.

방패역인 루미아와 리넬은 《무구한 어둠》의 무시무시한 공세를 막는 게 한계다.

이브와 시스티나의 공격은 《무구한 어둠》을 죽일 수 있는 위력이 있지만, 저 신의 존재 개념을 이해하지 못하니 소멸에 이르게 할 수가 없었다.

반대로 《무구한 어둠》의 존재 개념을 이해한 알베르트의 공격이라면 소멸시킬 수 있지만, 마력 차이 때문에 물리적인 죽음에 이르게 할 수가 없었다.

"문제없다."

하지만 알베르트는 태연하게 단언했다.

"처음부터 우리는 조역······ 주역을 돋보이게 하는 역할이다."

─뭐어······?

"이야기의 막을 내리는 건 언제나 주역, 「정의의 마법사」의 일격이지. 그렇지 않나?"

그리고 글렌에게 갑자기 뭔가를 던졌다.

"앗?! 이, 이건……."

바로 그것의 정체를 파악한 글렌이 경악했다.

"써라. 네 귀여운 제자가 만들어낸 특별제다."

알베르트는 웬일로 살짝 웃고 있었다.

"설마…… 저 녀석, 닿은 거야? 그 마술에?"

"그래. 거기에 내가 얻은 「이해」를 실었다. 이브와 시스티나는 어렵겠지만, 지금의 너라면 이해를 네 것을 삼을 수 있을 터. 뭐, 어차피 뇌가 익을 정도로 괴롭겠지만 그건 기합으로 극복하도록."

"하, 하지만…… 이걸 발동하려면 마력이……."

지금의 글렌에게는 오랜 세월 동안 쌓아 올린 강대한 마력이 남아 있지 않았다.

현 상태로는 《무구한 어둠》을 소멸시킬 만한 출력을 낼 수 없었다.

"안심해. ……**모두가 준비해왔다고 했잖아?**"

"……그래. 그렇지."

알베르트의 의미심장한 발언을 듣고 손안에 든 물건에 새겨진 술식을 본 글렌은 그제야 상황을 파악하고 의기양양하게 웃으며 힘차게 고개를 끄덕였다.

"그럼 잘 쓰마!"

팅, 하고 엄지로 머리 위를 향해 튕겨 올린 그것의 정체는 작은 결정체였다.

다시 아래로 떨어지는 그것을 왼손으로 낚아챈 글렌은 주먹을 쥔 채 오른 손바닥을 합장하듯 쳤다.

그리고 외쳤다.

"「부탁한다……. 모두들…… 나에게 힘을 빌려줘」!"

―――――.

지상.

알자노 제국 마술학원의 안뜰.

"왔다! 들렸어! 선생님 목소리야!"

카슈가 흥분해서 허공에 어퍼컷을 날렸다.

"얘들아, 지금이야! 지금이야말로 이날을 위해 단련해온 우리의 마력을…… 선생님께 전부 보내드리자!"

"예! 한계까지 쥐어짜 내겠어요!"

"이 모든 사태를 끝내기 위해……!"

카슈를 시작으로 웬디, 기블, 테레사, 세실, 린을 비롯한 2학년 2반 학생들이 하늘을 향해 왼손을 들었다.

물론 그들만이 아니었다.

"칫, 그 바보 강사 놈. ……사람 성가시게 하기는."

"선생님…… 부디……."

자일과 리제를 비롯한 다른 반과 다른 학년 학생들도.

"선생님! 제 마력도 받아주세요!"

"응, 내 마력도!"

"……뭐, 일단은 제 것도요."

프랑신, 콜레트, 지니를 비롯한 성 릴리의 학생들도.

"선생님, 잘 부탁드립니다."

"부디……."

레빈, 엘렌을 비롯한 크라이토스의 학생들도.

"지금이다, 제군! 온 힘을 다해 보내는 걸세!"

"예! 여보!"

"으라차! 이 몸에게 맡겨두시라아아아아아아아!"

"……흥."

"음! 나잇값도 못 하고 진심을 발휘해볼까!"

"글렌 선생님…… 제 마력도……!"

"젠장! 난 언제쯤 돼야 논문 작업에 복귀할 수 있는 거냐고! 적당히 좀 해!"

릭, 셀피, 오웰, 할리, 체스트 남작, 세실리아, 포젤을 비롯한 마술학원의 교수와 강사들도.

　학교의 모두가 하늘을 향해 왼손을 들었다.

　—————.

　페지테 시내의 인파가 몰린 거리.

　"선배애애애애애애애애애~! 오랜만이에요! 제 마력도 가
져가주세요오오오오오! ……한 줌도 안 되겠지만요."

　"하아~ 쓸데없는 사족을. 그래도 뭐, 글렌 선생님. ……제
것도."

　"예, 저희도 미력하나마 도움이 되게 해주세요."

　로잘리, 우르, 유미스가 왼손을 들었다.

　그러자 그녀들을 따라 페지테 시민들로 잇따라 왼손을 들
기 시작했다.

　"글렌 군. 딸은 못 주지만 마력쯤은 내주도록 하지."

　"이이도 참, 이럴 때까지……."

　시스티나의 부모인 레너드와 필리아나도 왼손을 들었다.

　"글렌, 우리를 기억해?"

　"저희는 기억해요. 이번에야말로 은혜를 갚게 해주세요."

"예. 미력하나마 저도."

니나, 네쥬, 휴이가 왼손을 들었다.

―――.

"글렌 레이더스는 우리 제국이 자랑하는 영웅! 얼마 전
이 세계를 위해 저 하늘 너머로 떠났으나 홀로 돌아오지 못
한 그를 되찾기 위해…… 이번에야말로 전 제국민이 마음을
하나로 모아 그 손을 하늘 위로 드는 겁니다."

알자노 제국 여왕 알리시아 7세도.

"예, 그자를 잃는 건 제국의 크나큰 손실입니다."

"뭐, 젊은이야말로 이 나라의 미래니까 말이지."

제국의 중진인 에드와르도 경도, 루치아노 경도.

"예! 어머니!"

알자노 제국 왕위 계승 순위 1위인 왕녀 레닐리아도.

"……알겠사옵니다. 그 젊은이를 위해서라면."

왕실 친위대 총대장으로 복귀한 제로스도.

"선배…… 잘 부탁드립니다."

크리스토프도.

"글렌 도령, 멋지게 마무리해 봐."

버나드도.

"선생님……."

엘자도.

"칫, 아니꼽지만."

루나도.

"동감."

일리아도.

"마스터……. 부디……."

르 실바도.

"야, 이 짜식들아! 하늘의 영웅님을 위해서다! 좀 더 기합을 넣어보라고!"

"예, 알겠습다!"

"""우오오오오오오오오오오오오오오오오오오오오오!"""

크로우와 베어를 비롯한 전 제국군 장병들도.

알자노 제국의 모든 사람이 일치단결해 손을 들어 올렸다.

그리고 이건 비단 제국에서만 일어나는 일이 아니었다.

―――――.

"글렌 군…… 마지막은 자네에게 맡기겠네. 부탁하네."
성 엘리사레스 교황청의 현 수장인 파이스도.

"우리의 둘도 없는 라이벌을 가르친 선생님인가…… 우리
도 꼭 가르침을 받아보고 싶군."
"예, 그러게요."
마술제전에서 시스티나 일행과 실력을 겨루었던 하라사의
아디르과 일륜국의 사쿠야도.

"대전쟁 때 이 세계를 지키기 위해 저 하늘로 떠났지만,
세계를 구하고 돌아오지 못했던 영웅……."
"그 은혜는 결코 잊을 수 없지!"
"그분을 위해서라면……!"
세계 각국의 사람들.
그 대전쟁을 체험하고 천공성에서의 싸움을 지켜봤던 전
세계 사람들이 계속해서 손을 들기 시작했다.

글렌의 부탁에 응해 지금 이 순간, 세계는 하나가 되었다.

―――――.

"으, 우ㅇㅇㅇㅇㅇㅇㅇㅇㅇㅇㅇㅇㅇㅇㅇㅇㅇㅇㅇ?!"

반사적으로 비명이 튀어나왔다.

어디선가 쉴 새 없이 마력이 모여들고 있었기 때문이다.

전 세계의 사람이 하늘 위로 든 손으로부터 차원을 넘어 양도받은 마력이 글렌의 두 손에 모여들었다.

어마어마한 마력이었다.

양뿐만 아니라 이 마력에는 그 이상의 무언가가 담겨 있었다.

그리고 한없이 눈부신 여명처럼 아름다운 마력의 빛.

이것은 그야말로 인간의 긍지가 발하는 빛이었다.

―이럴 수가…… 정말로 의사(擬似) 아카식 레코드를 완성했어?!

믿을 수 없는 사실과 현상을 목격한 《무구한 어둠》이 몸을 떨었다.

"가능해! 이거면 가능하다고!"

글렌은 이 무지막지한 마력을 써서 어떤 마술을 발동하기 위해 집중력을 끌어올렸다.

―어디서 감히이이이이이이이이이이이이이이이이이이이이!

그러자 오싹한 예감이 들었는지 《무구한 어둠》이 이쪽을 향해 손을 뻗었다.

—네놈들의 저속한 마술 따위로! 《■■■■■■■■■■■■ ■■■■■■■■■■■■■■■■■■■■■■■■■■》!

그리고 이해할 수 없는 언어로 주문을 외워 어떤 마술을 발동하려 했지만.

아무 일도 일어나지 않았다.

—어, 어째서어어어어어어어어어어어어어어어어어어?!

"역시 나라고 하면 이거잖아?"

시선을 돌리자 글렌은 입에 한 장의 아르카나를 물고 있었다.

"오리지널 【광대의 세계】! 나를 중심으로 일정 영역 내의 마술 발동을 완전 봉쇄! ……사실 이번 건 【THE FOOL HERO】의 힘을 병용해서 네 마술만 봉쇄한 거지만! 요컨대 나조차 날 방해할 수 없는 셈이지!"

—웃기지 말라구요오오오오오오! 뭐야, 그게! 완전 사기잖아! 이 개자식! 죽여버리겠어어어어어어어어어어어어어어어어어어!

그러는 사이에 전 세계에서 글렌의 두 손에 모여든 마력이 마침내 극한에 도달했다.

흡사 태양 그 자체였다.

—뭐, 뭐야. 대체 뭘 하려고……!

"이 상황에서 내가 할 일이라면 하나밖에 없지……!"

그리고 글렌은 마력을 조작하기 시작했다.

폭주한 것이나 다름없는 마력을 온 힘을 다해 조작하는 도중.

목소리가 들렸다.

—말했잖아? 내가 이긴 거라고.

—뭐, 그 역할은 너한테 양보할게. 가능한 한 잘 마무리해봐, 스승님.^(글렌)

한없이 독선적이었기에 오히려 순수한 최강의 정의이기도 했던 한 남자의 목소리가 들린 것 같았다.

그러자 불현듯 어떤 소년의 존재를 떠올리고 복잡한 기분이 든 글렌은 마음속으로 얼른 사라지라며 혀를 찼다.

—이제 와서 네게 이런 말을 할 자격은 없겠지만…….

—그래도 부탁할게. 제발 쓰러트려줘, 저 《무구한 어둠》을…….

―내가 바라는 건 오직 그뿐이야.

너무나도 강직했기에 오히려 큰 과오를 저지르고만 마왕의 목소리도 들린 것 같았다.

글렌은 마음속으로 알겠다고 짧게 대답하며 고개를 끄덕였다.

그리고…….

―괜찮아. 글렌 군이라면 분명…….

―왜냐면 당신은 나의…….

――――.

"……."

글렌은 이 세계에 존재하는 모든 이의 마음을 받아들였다.

지금까지 걸어온 한없이 긴 여정 속에서는 다양한 만남이 있었다.

이건 분명 그중 단 하나만 없었어도 이루지 못했을 기적일 터.

마침내 때를 맞이한 글렌은 끝이자 시작이기도 한 주문을 영창했다.

"《**우리**는 신을 참획한 자⋯⋯."

천천히.

"**우리**는 근원의 시작과 끝을 아는 자⋯⋯."

한층 더 천천히.
마력을 끌어올리면서 의식을 집중해 또박또박 주문을 자아냈다.
그 주문에 응해 글렌의 왼 주먹을 중심으로 고리 형태의 세 마법진이 가로, 세로, 수평으로 맞물리듯이 형성되더니 제각기 서서히 속도를 올리며 회전하기 시작했다.

—머, 멈춰⋯⋯.

그러자 《무구한 어둠》이 당황하기 시작했다.
이 세계에서 달아나려고 꼴사납게 발버둥 쳤지만, 시스티나 일행의 맹공과 남루스가 펼친 결계 때문에 뜻을 이루지 못했다.
그러는 사이에도 글렌은 계속해서 주문을 외웠다.

"그대는 섭리의 원환으로 귀환하라⋅오대 원소는 오대 원소로·상과 섭리를 잇는 인연은 괴리할지니·이제 삼라만상은 마땅히 이곳에서 사라질지어다……."

─거, 거짓말…… 농담하는 거지? 내가, 내가, 내가, 내가, 이, 이런 곳에서……?

"아득한 허무의 끝으로⟫!"

─이, 이딴 곳에서?! 이딴 쓰레기 같은 인간 놈들한테?! 우주가 개벽한 순간부터 이 장난감 상자로 놀아왔고 앞으로도 그래야 할 존재인 이 내가?! 잠깐만! 이건 말도 안 돼애애애애애애애애애애애애애애애애애애애애애애애애애애애애애애애애애애애애애! 애초에 뭐야! 아무리 생각해도 이상하잖아! 왜 이 시점에서 저 여섯 명 플러스 알파가 전부 모여 있는 거지?! 글렌과《천공의 타움》외에는 늘 항상 누구 한 명씩 빠져 있었을 텐데!

그렇다. 무한히 반복되는 회차에서 원래 그들은 다양한 형태의 최후를 맞이했었다.

마술사를 그만둔 시스티나는 후회 속에서 비참하게 인생을 마감했고.

과도하게 타인을 위해 희생하던 루미아는 젊은 나이에 덧없이 목숨을 잃었으며.

모든 것을 버리고 한 자루 검이 되어버린 리엘은 전장에서 맥없이 전사했고.

열쇠를 받아 마장성으로 타락한 알베르트는 벗의 손에 의해 최후를 맞이했으며.

이그나이트 경의 주구가 된 이브는 반역자로서 처형당해야 했을 터.

그러나—.

—왜 하필 이번에는 다들 멀쩡히 살아있는 거냐고오오오오오오오오오! 싫어! 살려줘요, 엄마아아아아아아아아아아아아아아아아아아아아아아아아아아아아아아아아아아!

더는 같은 공간에 있는 것조차 역겨워.
그러니 꺼져버려. 이 전 우주에서.
이 빌어먹을 쓰레기 자식아!

글렌은 총 일곱 소절에 걸쳐서 자아낸 혼신의 대주문을
완성했다.

　"사라져라, 떨거지! 흑마 개량형【익스팅션 레이】!"

　전방을 형해 왼손을 펼쳐서 내민다.
　그러자 왼손을 중심으로 고속으로 회전하고 있던 고리 형
태의 마법진이 전방으로 펼쳐진 다음 순간. 그 나란히 선
세 고리의 중심을 관통하듯 발생한, 이 세계 전체를 뒤덮을
듯한 눈부신 여명의 빛으로 이루어진 빛의 충격파가 글렌의
왼손에서 방출되었고.

　일직선으로 날아가 《무구한 어둠》을 가차 없이 삼켜버렸다.

　오직 하얀색으로만 물들어가는 세계 속에서.

　—으아아아아아아아아아아아아아아아아아아아아아
아아아아아아아아아아아아아아아아아아아아아아아아아
아아아아아아아아아아아아아아아아아아아아아아아아아
아아아아아아아아아아아아아아아아아아아아아아아아아
아아아아아아아아아아아아아아아아아악!

《무구한 어둠》의 윤곽이 무너지며 단말마와 함께 빛의 파도에 휩쓸려 사라졌다.

끝과 시작을 고하는 빛과 함께 전부 무로 돌아간 것이다.

에필로그 내일은……

"……응?"

아무래도 책을 읽다 깜빡 잠이 들었는지.
나, 세리카 아르포네아는 불현듯 눈을 떴다.

"……."

주위를 둘러보니 이곳은 일 년 내내 몰아치는 눈보라와
얼음에 갇힌, 스노리아 지방의 산속 깊은 곳에 있는 동굴의
암자였다.
간소한 침대와 책장과 융단. 랜턴.
아직 땔감이 타고 있는 난로 앞에서 나는 소박한 흔들의
자에 깊이 몸을 뉘고 있었다.
사실 이곳은 내 마지막 거처이자 무덤이었다.
고대문명이라 불리는 이 아득히 먼 과거에서 사명을 전부
마친 난 여기서 은거 중이었다.
더 이상 이 세계에서 내가 할 수 있는 일은 아무것도 없었다.

애당초 마술 능력을 대부분 상실한 데다 속세에 관여하기에는 미래에 일어날 일을 너무 많이 알고 있었기 때문이다.

내 행동 하나하나가 미래에 어떤 영향을 미칠지 알 수 없으니 더는 인세에 관여할 생각이 없었다. 결코 양지에 나설수는 없었다.

그것이 마술사로서 내가 내린 결론이었다.

다행히 여기서의 삶은 그리 나쁘지 않았다. 봉인되기 전의 르 실바와 힘을 합쳐서 지은 이 암자에는 생활에 필요한 다양한 마술을 걸어두었기에 이런 벽지임에도 살아가기엔 딱히 불편한 점이 없었다.

다만, 조금 적적한 건 어쩔 수 없었지만 말이다.

"······."

시선을 밑으로 내리자 내가 졸기 전에 읽었던 책 『멜갈리우스의 마법사』 ─ 과거로 오기 전에 무심코 집에서 챙겨온 책 ─ 가 눈에 들어왔다.

이미 마왕을 쓰러트리고 엔딩에 돌입한 부분을 읽던 차에 잠이 든 것을 떠올리고 슬쩍 웃음을 흘리며 책을 덮었다.

그리고 조금 전까지 꾼 꿈을 떠올렸다.

"······꿈에서 그 녀석이 나온 건 오랜만이군."
^{글렌}

마치 현실 같은 꿈이었다.

글렌이 결혼한다는 소식을 듣고.

분명 멸망했을 남원까지 황급히 날아갔고.

거기서 난······.

"······좋은 꿈이었지."

아니, 지금은 이런 꼬락서니지만 나 역시 「하늘」의 영역에
도달했던 마법사.

그러하기에 알 수 있었다.

아마 그 꿈의 정체는.

그리고 글렌은······.

"······바보 같은 녀석. 그래도 넌 내 자랑거리였어."

나는 그렇게 혼잣말을 하고 흔들의자에서 일어났다.

그리고 가볍게 기지개를 켠 후, 암자를 나와 동굴 밖으로
걸음을 옮겼다.

오랜만에 바깥 공기를 쐬고 싶었기 때문이다.

—————.

"오, 별일이군."

동굴 밖으로 나오니 오늘은 눈보라가 그쳐 있었다.

주위는 당연히 눈과 얼음밖에 없는 산속이었지만, 시선을 들면 두꺼운 구름 사이로 따가운 햇살과 함께 푸른 하늘이 펼쳐져 있었다.

눈을 가늘게 뜨고 페지테 방향으로 시선을 돌리자 오늘도 흐릿한 천공성의 모습이 구름 사이로 작게 보였다.

"……그 녀석들의 마지막 싸움은 어떻게 됐으려나?"

이미 내 손을 완전히 벗어난 일이었다.

아득히 먼 미래에 저 천공성에서 이루어질 마지막 싸움이 대체 어떤 식으로 막을 내릴지는 상상도 가지 않았다.

하지만 이상하게도 왠지 모를 신뢰가 있었다.

그 어떤 우여곡절이 있어도, 누군가가 방해해도, 예상치 못한 반전이 있어도.

내 사랑하는 제자라면 반드시 이길 거라고.

포기하지 않고 나아간 끝에 눈부신 미래를 쟁취할 거라고.

단 한 점의 의심도 없이 확신할 수 있었다.

"······행복해져라, 글렌. 사실 난 배드 엔딩이라면 딱 질색이거든. 왜 모처럼 아까운 시간을 투자해서 봤는데 끝에 가서 그런 찝찝한 기분을 맛봐야 하는지 도무지 이해할 수가 없단 말이야? 아무리 그게 전개상 옳고 아름다운 결말이라도 배드 엔딩은 필요 없어. 누가 뭐라 해도 난 마지막엔 해피 엔딩으로 끝나는 게 좋아. 불쾌한 경험을 하는 건 현실만으로도 충분하다고."

그렇게 투덜거린 후.

"그러니 부디 네 이야기도 해피 엔딩이 될 수 있기를······."

내가 기도를 올리려 했을 때.

―그래, 맞아······. 네 말대로야.

―배드 엔딩은 필요 없어.

―그 말, 그대로 너한테 돌려줄게.

하늘에서 그리운 그 녀석^{글렌}의 목소리가 들린 것 같았다.

환청? ······나도 이제 늙은 건가.

나도 모르게 탄식한 순간.

쩌억!

느닷없이 하늘에 균열이 생겼고.

파앗!

그 틈 사이로 눈부신 빛이 새어 나와 시야를 새하얗게 물들이더니 거대한 마술법진이 펼쳐지며 「문」이 열렸다.

"뭐, 뭐야. 이게 대체 무슨……."

너무나도 갑작스러운 사태에 나는 그저 눈만 깜빡일 수밖에 없었다.

"세리카!"

……이건 꿈일까. 아니면 환상?

이제 두 번 다시 만날 수 없는 글렌이 하늘 위의 문을 통해 내려오고 있었다.

아아, 아무래도 난 아직도 꿈을 꾸고 있나 보다.

이런 일이 세상이 있을 리…….

"꿈이 아니야! 현실이라고! 정신 차려, 세리카! 야!"

지면에 착지한 글렌이 이쪽을 향해 달려오더니 날 강하게 끌어안았다.

이 엄동설한의 땅에서도 선명히 느껴지는 이 따스함은.

열기는.

분명 꿈이 아니었다.

"하, 하하, 하하하…… 대체 뭐가 어떻게 된 거지? 어떻게 네가 여기에……."

나도 모르게 눈시울이 뜨거워졌다.

그러자 글렌이 갑자기 포옹을 풀더니 내 양어깨에 손을 올리고 말했다.

"그게 그러니까…… 그 뒤로 진짜 많은 일들이 있었고 어쩌다 보니 내가 신이 됐는데……."

"신? 글렌, 너 혹시 머리가……?"

"내 머린 지극히 정상이야! 참고로 차원을 넘는 바람을 다루는 하얀 고양이랑 시간과 공간을 지배하는 루미아랑《천공의 타움》의 권능을 되찾은 남루스……의 도움도 받았어."

"글렌. 너 혹시 머리가……?"

"그러니까 아니래도?! 아무튼 많은 일들이 있었고! 덕분에 이렇게 널 데리러 올 수 있게 된 거야!"

"……."

"안심해. 이건 타움의 천문신전에 있는 플라네타리움 장치에 적용된 시간 도약 이론과는 근본적으로 다른 거니까. 지금의 널 데려가도 부작용은 없어."

"……."

"사실 따지고 보면 이것도 전부 네 덕분이지만 말이지?"

글렌은 완전히 넋이 나간 날 약간 화가 난 눈으로 노려보

았다.

"……너, 나랑 헤어진 뒤로 속세와 완전히 관계를 끊고 홀로 고독하게 살다 죽을 생각이었던 거지?"

"……."

"그런 널 여기서 데려가도 미래는 바뀌지 않아. 모순이나 역사 개변도 발생하지 않고. 덕분에 이렇게 아무 걱정 없이 널 원래 시대로 데려갈 수 있게 된 셈이지. 네 그 마음가짐은 가히 마술사의 귀감이라 할 수 있겠지만…… 넌 진짜! ……결과적으로 일이 이렇게 잘 풀렸으니 망정이지……."

그렇게 푸념하는 글렌 앞에서 난 이리 대답할 수밖에 없었다.

"아, 뭐야. ……역시 이건 꿈이었나."

이게 꿈이 아니면 대체 뭐란 말인가.

"꿈인지 아닌지는."

글렌은 그저 하염없이 울고만 있는 내 손을 잡고 허공의 문을 향해 도약했다.

"직접 확인해 봐!"

그렇게 해서 난 글렌의 손을 잡고 하늘로 날아올랐다.

—————.

그 동화 『멜갈리우스의 마법사』의 저자 롤랑 엘트리아는 권말에 이런 글귀를 남겼다.

—이 이야기는 이미 끝난 이야기이며, 결말은 정해져 있다.

—결론부터 말하자면 이 이야기에 구원은 존재하지 않는다.

—결국 마법사는 공주를 구하지 못했다. 사명을 이룬 후 사랑하는 사람도, 친구도, 모든 것을 잃은 그는 실의에 잠긴 채 역사의 무대에서 완전히 자취를 감추었고, 홀로 고독한 죽음을 맞이했다는 기술이 각지에서 발굴된 문헌에 산발적으로 남아 있다.

—위대한 위업을 이룬 위인치고는 너무나도 안타까운 결말을 맞이한 인물, 그것이 바로 마왕을 쓰러트린 『정의의 마법사』였던 것이다.

—그래서 난 마도고고학자로서의 긍지를 잠시 집어넣고 하다못해 이야기 속에서만이라도 행복해지도록 결말을 비틀었다.

—정의의 마법사는 마왕을 쓰러트리고, 공주님을 구하고, 모두와 행복하게 살았다. ……이것은 사실 거짓된 대단원인 것이다.

—실제로는 그저 아무런 구원도 받지 못한 비극이었던 것

이다.

　―허나.

　―만약 이 글을 읽은 당신이 그런 비극적인 결말을 거부하겠다면…… 나는 여기에 어떤 사실 하나를 개시하도록 하겠다.

　―그것은…… 마법사의 고향 귀환설이다.

　―정의의 마법사는 본디 이 세계의 사람이 아니라 머나먼 다른 세계에서 온 존재라는 설도 있으며, 요컨대 이것은 모든 사명을 마친 마법사가 자신을 맞이하러 온 제자와 함께 원래 살던 세계로 귀환해 사랑하는 가족과 행복한 여생을 보냈다는 설이다.

　―이 설을 뒷받침하는 문헌과 일화는 북부 스노리아를 중심으로 퍼져 있고 실제로 이런 비문도 발견되었다.

　―「마법사, 하늘로 솟아오르는 빛 속으로 사라지다. 마중 나온 애제자의 손을 잡고」.

　―솔직히 동화 작가인 내가 봐도 황당무계하기 짝이 없는 내용이다…….

　―너무나도 편의주의적인 전개, 아마도 마법사의 비참한 최후를 애석히 여긴 당시 사람들의 창작임을 상상하기는 어렵지 않으리라.

　―그러나 개인적으로 첨언하자면 이야기의 마무리로서는 딱 이 정도 해피 엔딩이 좋지 않을까 싶다.

—포기하지 않고 나아간 이에게는 행복한 결말을.

—그것이야말로 독자가 원하는 것일 테니까.

————.

————.

————.

그리고—.

————.

————.

————.

성력 1854년 테토의 달.

최후의 싸움으로부터 몇 달 뒤, 현재 재건 중인 제도 오블란도에 있는 제국 궁정 마도사단의 본거지 《업마의 탑》 소속 특무분실 사무실.

"으아아아아아아아아아아아아아아아아아, 진짜! 일이 많아도 너무 많잖아! 미친 거 아냐?!"

　특무분실 실장이자 집행관 넘버 1《마술사》이브는 머리를 부여잡고 테이블에 고개를 처박았다.
　"그야 뭐, 자네는 제국군 원수도 겸임하고 있으니 어쩔 수 없지. 크크크크, 역시 출세하지 않길 잘했어!"
　그러자 집행관 넘버 9《은둔자》버나드가 불쌍한 인간을 보는 듯한 눈으로 놀리는 것처럼 말했다.
　"그 후로 꽤 많은 시간이 지났지만, 세계 각지의 정세와 치안은 아직 불안정하니까요. 저희도 더 분발해야겠어요."
　그 광경을 지켜본 집행관 넘버 5《법황》크리스토프가 쓴웃음을 흘렸다.
　"맞아요. 사람들이 안심하고 살 수 있도록 저도 최선을 다하겠습니다!"
　집행관 넘버 10《운명의 수레바퀴》엘자도 기합을 넣으며 연신 고개를 끄덕였다.
　"조금 어깨에 힘을 풀도록. 세상이 평화로워졌어도 어차피 우리가 할 일은 변하지 않아. 하늘의 지혜 연구회는 사라졌지만, 외도 마술사나 범죄자는 언젠가 또다시 생겨날 터. 그런 놈들과 평생에 걸쳐 싸우는 게 원래 우리가 해야 할 일이니까."

"진~짜 여전히 무뚝뚝하고 고지식한 남자네. 너 벌써부터 그런 식이면 제명에 못 죽을걸? 뭐, 내 알 바 아니지만."

집행관 넘버 17《별》알베르트가 평소처럼 담담한 목소리로 조언하자, 그 옆에 있던 집행관 넘버 14《절제》루나가 퉁명스럽게 말했다.

"……전부터 신경 쓰인 거다만."

"뭔데."

"네가 왜 특무분실에 있는 거지?"

알베르트의 의문에 루나가 울컥한 표정으로 빠르게 말을 퍼부었다.

"그냥 어쩌다 보니? 내가 어디 있든 상관없잖아. 사실상 국정 기능을 상실한 레자리아 왕국은 알자노 제국에 접수되는 형태로 통합됐으니 이제 적도 아니고. 당신에게 빚지기만 하는 것도 내키지 않고. 파이스 님이 부탁하신 것도 있어서 한동안 여기서 신세 좀 지겠다는 것뿐인데…… 불만 있어?"

"……아니다. 네가 괜찮다면 상관없다만."

"흥. 그럼 됐고."

평소와 다름없는 알베르트의 태도에 루나가 퉁명스럽게 시선을 피했다.

"……보기만 해도 배부르네요."

"게다가 알베르트는 글렌 도령 이상이구만. 루나 양은 루나 양대로 어딘가의 하얀 고양이 아가씨보다 훨씬 자각이 없고."

"루나 씨, 엄청 고생할 것 같아……."

그런 둘의 대화를 들은 크리스토프, 버나드, 엘자가 게슴츠레한 눈으로 한숨을 내쉰 순간.

"그럼 아무튼 이것도 처리 좀 부탁할게, 실장님."

머리를 부여잡고 엎드린 이브 앞에 대량의 서류가 산더미처럼 떨어졌다.

집행관 넘버 18 《달》이자 이브의 부관인 일리아의 소행이었다.

"어?! 또 늘었어?!"

"감사히 여겨. 이래 보여도 내가 정리해서 꽤 줄어든 거니까. 연봉 인상 요구해도 될까?"

"기각! 아, 못 해 먹겠네 진짜! ……응? 어라? 이건…… 윽! 또 크로우 부대가 사고 친 거야? 베어는 대체 뭘 한 건데, 베어는! 그 자식들 나중에 반드시 불로 태워버리겠어!"

"예. 예. 열심히 해보시죠, 실장님. 그건 그렇고 앞으로도 특별 강사로서 정기적으로 알자노 제국 마술학원에 강의하러 가고 싶은 거지~? 앞으로도 타이밍을 봐서 만나러 가고 싶은 거지~?"

"……?!"

"그렇지 않아도 거리가 먼데 만나러 가는 빈도가 줄면 불리해질걸~? 네 존재조차 잊어버릴지도?"

"누, 누……."

"게다가 이번에 알자노 제국 마술학원에선 그게 있잖아? 실장도 참가하고 싶은 거지? 일정이 취소되기 싫으면 열심히 일하자?"

"누, 누가 글렌을 만나러 가고 싶다고 했어?!"

"풋! ……난 딱히 누구라고 한마디도 한 적 없거든요?"

이제는 특무분실의 일상이 된 광경이었다.

"……저 둘도 여전하구만."

"저기, 그러니까 두 분은 어머니가 다른 자매였죠?"

마지막 싸움이 끝난 후에 알게 된 일이었다.

그 사실을 우연한 계기로 알게 됐을 때 엄청나게 당황했던 이브의 모습이 얼마나 인상적이었는지 지금도 특무분실의 술자리에서 가끔 술안주로 삼을 정도였다.

"예전에는 여러모로 복잡한 관계였던 것 같은데…… 아무튼 사이가 좋아 보여서 정말 다행이에요."

엘자가 흐뭇한 표정으로 그렇게 말한 순간.

""뭐어?! 누가 이런 여자랑!""

이브와 일리아가 동시에 돌아보며 질색했다.

————.

"……피차 할 일이 산더미 같네요."

"동감입니다."

제도 오를란도에 지어진 임시 행정집행청사의 회담실.

지금 그곳에서는 제국의 여왕 알리시아 7세와 레자리아 왕국 성 엘리사레스 교황청의 전 추기경이자 지금은 제국에서 왕국으로 파견된 집행관인 파이스가 면담 중이었다.

"그쪽 상황은 어떤가요?"

"제국과 왕국이 통합해 알자노 레자리아 대제국이 되면서 상층부에 다소 혼란은 있었습니다만, 아직 큰 문제는 없습니다. 원래 계보를 따지고 보면 제국 왕실은 레자리아 왕실의 본가니까요. 그 혼란스러운 상황에서 제국이 무제한으로 지원해준 덕분에 국민들은 큰 저항 없이 받아들인 것 같습니다. 다만 문제는 지금부터입니다. 양국의 문화관, 가치관의 차이와 오랜 갈등…… 알력의 불씨가 될 만한 요소는 얼마든지 있으니까요. 안정되면 반드시 여기저기서 문제가 불거지기 시작할 겁니다."

"……갈수록 태산이네요."

"하하하, 그러게 말입니다. 위정자는 정말 쉴 틈도 없군요."

서로 쓴웃음이 나왔다.

"그건 그렇고…… 이 먼 곳까지 오신 김에 따님을 만나보시는 건 어떤가요?"

파이스의 딸, 밀리엄 카디스.

지금은 마리아 루텔이라는 이름을 쓰고 있으며, 저번 대전 때는 모든 사건의 중심이 되기도 한 소녀였다.

"아니요. 괜찮습니다."

파이스는 부드럽게 사양했다.

"그날 이후로 제대로 만날 기회도 있었고, 근황은 편지로 전해 듣고 있으니까요. 아무래도 얼마 전 무사히 마술학원에 복학한 것 같더군요. 폐하. 당신의 철저한 정보 통제 덕분에 딸이 괜한 비방이나 박해에 시달리지 않게 된 점, 진심으로 감사드립니다."

"따님도 피해자니까요. 분명 지난 사태의 원흉 중 하나가 되긴 했지만, 이용당하기만 한 따님에게 죄는 없습니다. 그렇다면 모든 백성의 어머니인 여왕으로서 이건 마땅히 해야 할 일이었죠."

"아니요, 모든 인간이 당신처럼 고결하지는 않습니다. 인간은 힘든 일이나 괴로운 일이 있으면 남에게 책임을 전가하려는 생물이니까요. ……그런 까닭에 전 아직 딸의 문제에 깊이 관여할 수 없습니다. 어디서 무슨 계기로 딸과《무구한 어둠의 무녀》의 관계를 눈치채는 자가 나올지 알 수 없으니까요. 딸의 장래를 위해서는 어쩔 수 없는 일입니다."

"······그렇, 군요."

과거에 비슷한 처지에서 누구보다 사랑하는 딸을 추방할 수밖에 없었던 알리시아 7세는 씁쓸한 표정을 지을 수밖에 없었다.

"언젠가······ 아무 걱정 없이 따님과 만나실 수 있는 날이 오면 좋겠네요."

"예. 하오나 분명 그리 먼 미래의 일은 아닐 겁니다."

그런 대화를 나누며 홍차를 마신 알리시아와 파이스는 금후 알자노 레자리아 대제국의 운영 방침에 관한 회담을 시작했다.

————.

"제로스 님!"

알자노 제국의 왕녀이자 차기 여왕인 레닐리아는 복도 앞에서 걷고 있던 제로스를 불러 세우고 달려갔다.

"오오, 레닐리아 전하."

"왕실 친위대 총대장으로 복귀하신 걸 축하드려요!"

"감사합니다······. 이 또한 전하께서 저 같은 놈을 좋게 봐 주신 덕분이지요. 분수에 넘치는 영광입니다만······."

"아니에요! 제로스 님이야말로 진정한 충신인걸요! 그리고 복귀하셨을 때 크로스 님을 비롯한 친위대 여러분도 울면서 기뻐하셨다면서요!"

"이 은혜는 평생에 걸쳐 갚도록 하겠습니다. 모두의 기대에 부응할 수 있도록 이번에야말로 목숨을 걸고, 분골쇄신해 이 제국과 왕실을 섬기겠나이다."

제로스는 깊이깊이 고개를 숙였다.

"그건 그렇고 전하. 질문이 하나 있습니다만."

"뭐죠?"

"그 옷은…… 혹시 어디 행차하실 예정이라도?"

"아, 이거요. 실은…… 알자노 제국 마술학원에 가볼까 해서요."

"……!"

"제로스님은 들어본 적 없으세요? 곧 마술학원에서 열리는……."

"아, 그것 말이군요. 저도 언뜻 들은 기억이 있습니다. 그렇군요. 그래서……."

"예. 저도 차기 여왕으로서 아직 배울 게 많으니까요. 오랜만에 동생도 만나고 싶었으니 마침 좋은 기회라고 생각했거든요. 아, 물론 어머님께 이미 허락은 받았어요."

"그러셨군요. 그렇다면 이 제로스 드라그하트! 레닐리아 전하의 호위로 동행토록 하겠나이다!"

"예? 예에?! 그, 그치만 지금 엄청 바쁘신 게……."

"제국의 미래를 짊어질 전하의 안전에 비하면 전부 사소한 일입니다! 안심하십시오! 전하! 제 목숨을 바쳐서라도 전하를 페지테까지 무사히 보내드릴 터이니!"

"아, 아하하. 이제 평화로워졌는데 너무 과장스러운 말씀이 아닐지…… 뭐, 그래도 감사해요. 제로스 님. 잘 부탁드릴게요."

————.

아침의 페지테. 피벨 저택.

"우후후후후후후…… 우후후후후후후후. 마치 꿈만 같군."

"어머, 이이도 참."

성대한 아침 식사를 차린 식탁 앞에는 눈물을 글썽거리며 황홀하게 미소 짓는 레너드와 평소와 다름없이 웃는 얼굴인 필리아나— 시스티나의 부모가 앉아 있었다.

"어쩔 수 없지 않나. 설마 사랑하는 딸들과 이렇게 무사히 재회해서 같이 아침 식사를 할 날이 오다니…… 아아, 정말 죽을 각오로 살아남길 잘했군!"

레너드는 감격한 눈으로(솔직히 많이 느끼했지만) 맞은편에 앉은 시스티나, 루미아, 리엘의 얼굴을 차례대로 돌아보았다.

"게다가…… 설마, 설마 딸이 하나 더 늘어나다니! 우오오오오오오오오오오오웅! 정말 살아있길 잘했어!"

그러다 구석 자리에 오도카니 앉은 남루스를 본 순간, 갑자기 눈물을 쏟아내기 시작했다.

"……기분 나빠."

정작 본인은 감동하기는커녕 게슴츠레한 눈으로 신랄한 감상을 내뱉을 뿐이었다.

"잠깐! 남루스! 쉿! 쉿! 좀 참아!"

"우리 아버진 확실히 좀 그런 면이 있지만! 부정은 못 하겠지만! 좀 더 살살 말해주면 안 될까?!"

루미아와 시스티나가 황급히 제지했다.

하지만 딸들에게 그런 냉혹한 평가를 받고 있는 줄 꿈에도 모르는 레너드는 벅차오르는 감정을 이기지 못했다.

"남루스 군! 사정을 듣자 하니 자네는…… 루미아의 먼 친척의 친척의 지인이 알고 지내던 옛 친구의 딸이라고? 그렇다면 내 딸이나 다름없지!"

"아니, 완전 생판 남이잖아."

"그런데 어릴 때 루미아와 생이별을 했다가 최근 우연히 재회하다니…… 큭! 이 얼마나 기이한 운명인가! 마치 드라마 같구나!"

"잠깐만, 남루스. 아무리 그래도 그 설정은 좀……."

"설마 믿을 줄 몰랐거든."

"우오오오오오오! 이 집을 내 집처럼 여기고 루미아랑 같이 얼마든지 지내도 상관없단다! 자네만 괜찮다면 날 친아버지처럼 여겨도 좋고! 아니! 오히려! 아버지라고 불러다오!

자! 어서! 어서어서어서!"

"어머, 이이도 참."

우드득!

필리아나가 웃는 얼굴 그대로 목을 꺾어버리자 레너드는 금세 조용해졌다.

"후우…… 소란스러운 부모님이라 미안, 남루스."

그 광경을 본 시스티나가 씁쓸한 표정으로 사과했다.

"……난 상관없어. 레너드는 확실히 좀 그렇긴 해도 좋은 사람이라 딱히 싫진 않아. 필리아나도 굉장히 잘 대해줘서 정말 고맙게 여기고 있고."

"그래. 그건 다행이네."

"응. 레너드는 익숙해지면 재밌어."

시스티나가 안도하자 리엘이 고개를 끄덕였다.

"남루스도 분명 육신을 얻은 거지? 그럼 여러모로 불편한 일도 많을 테니 한동안 우리랑 같이 지내는 게 어떨까?"

"맞아! 아버지 덕분에 너도 마술학원에 다닐 수 있게 됐잖아? 우리랑 같이 즐겨 보는 거야!"

루미아와 시스티나의 제안에 남루스는 자신의 모습을 내려다보았다.

그녀들과 같은 교복 차림이었다.

그런 자신의 모습을 잠시 물끄러미 감상한 남루스는 돌연 이런 감상을 내뱉었다.

"전부터 생각했던 거지만…… 여전히 음란한 제복이네. 너무 야하잖아. 혹시 다들 변태야?"

""그건 말하면 안 돼애애애애애애애애애애애애애!""

그러자 귀기 어린 표정의 시스티나와 루미아가 양쪽에서 남루스를 제지했다.

"뭐, 됐어. 굳이 다닐 필요는 없지만, 전에 체험했을 땐 솔직히 나쁘지 않았으니까. 당분간 시간 때우기에도 딱 좋고. 그리고 살 곳을 제공해준 것도 고마워. 살아있는 몸은 여러모로 불편하니까 말이지. 그건 그렇고 한 가지 의문이 있는데…… 나 그냥 글렌 집에서 살면 안 되는 거야?"

""절대로 안 돼애애애애애애애애애애애애애애애!""

"……?"

시스티나와 루미아가 동시에 절규했지만, 리엘은 어리둥절한 표정으로 고개만 갸웃거릴 뿐이었다.

————.

시스티나, 루미아, 리엘, 남루스는 레너드와 필리아나의 배웅을 받으며 넷이서 나란히 학교로 출발했다.

"서어어어언배애애애애애애애애애애애애!"

그러자 길 맞은편에서 활짝 웃는 마리아가 손을 흔들며 엄청난 속도로 달려왔다.

요즘은 등교할 때 이 길목에서 합류하는 것이 일과였다.

"아, 좋은 아침. 마리아."

"안녕하세요, 선배님들! 자, 오늘 하루도 열심히 공부하자구요! 자자!"

"여전히 기운이 좋은걸."

"응. 마리아, 오늘도 기운이 넘쳐."

"……보고 있기만 해도 체할 것 같네."

평소와 다름없는 마리아의 모습에 일행은 동시에 쓴웃음을 지었다.

"아, 그런데 글렌 선생님은요? 원래 이때쯤이면 늘 같이 등교하시지 않았나요?"

"아~ 선생님은 오늘…… 그 일 때문에 좀."

"아, 맞다! 그래서…… 역시 글렌 선생님! 사실 저도 이 날을 엄청 기대하고 있었거든요! 왠지 벌써부터 가슴이 두근거리는 거 있죠!"

"……널 되찾아오길 정말 잘했어."

"아하하, 역시 이래야 마리아지."

"응. 마리아는 이대로가 제일 좋아."

그렇게 천진난만하게 웃는 마리아를 빤히 쳐다보던 시스티나와 루미아와 리엘이 동시에 고개를 끄덕였지만, 정작 본인은 고개를 갸웃거릴 수밖에 없었다.

"그건 그렇고…… 요즘 거리가 부산스러운걸."

한편, 남루스는 주위를 둘러보았다.

아직 복구가 진행 중이지만, 시내 여기저기에 새 건물을 짓는 광경이 눈에 들어왔다.

"왠지 이 도시를 뿌리부터 개조하는 듯한 느낌이랄까…… 대체 왜?"

"아, 저거? 실은 리제 선배님한테 듣기로는 이번에 알자노 제국 마술학원 부지를 대폭 확장하는 김에 거리와 기숙사를 증축한다나 봐. 듣자 하니 그 위너스 상회랑 서 마하드 회사도 얽힌 대형 프로젝트라든가 뭐라든가."

"우와, 제국과 왕국의 부흥을 떠받드는 그 두 회사가 언급되다니. 정말 본격적이잖아. 대단해."

"아, 그러고 보니 요전 신문에 사진이 실렸었어요! 위너스 상회의 니나 회장과 서 마하드 회사의 사장인 루치아노 경이 악수하는 장면이요!"

"흐음…… 혹시 무슨 이유가 있는 거야?"

"이것도 리제 선배님한테 들은 정보인데, 요즘 전 세계에서 우리 학교로 유학 신청이 밀려오고 있다나 봐. 그 수가 워낙 어마어마하다 보니 그냥 차라리 이 기회에 학생 정원수를 늘리자는 의견이 나왔다고."

"흐응? 하긴 뭐, 그럴 만도 하겠네. 아무튼 이 마술학원에
는 세계를 구한 영웅님이 근무하고 있는걸. 단순하기 짝이
없는 당신들 인간이라면 그런 반응을 보여도 뭐 어쩔 수 없
겠지?"

"……남루스 선배. 말은 그렇게 하시면서 마치 자기 일처럼
기뻐하시네요?"

"……역시 《무구한 어둠의 무녀》는 한 명도 남김없이 없애
버려야 할지도."

"아야야야야야! 뺨! 뺨 찢어져요오오오오오!"

"자자, 둘 다 그만. 이러다 지각하겠어! 서두르자!"

그리고 다시 학교를 향해 걸음을 옮겼다.

그런 소녀들의 뒤를 따르던 남루스는 문득 하늘을 올려다
보았다.

한없이 높고 푸르른 하늘.

그러나 페지테의 상징이었던 천공성의 모습은 어디에도
없었다.

"……《무구한 어둠》이 존재하지 않는 세계라. 왠지 지금도
믿기지가 않네."

그 싸움 끝에 《무구한 어둠》은 완전히 소멸했다.

이제 더 이상 이 전 우주, 전 차원수, 전 세계에서 《무구
한 어둠》을 두려워하는 사람은 아무도 없었다. 너무나도 장

대한 스케일의 이야기였지만, 그녀의 마스터는 결국 진정한 의미에서 「정의의 마법사」가 된 것이다.

"······하지만 《무구한 어둠》의 본질은 어둠과 혼돈 그 자체. 빛이 드는 곳에 반드시 어둠이 존재하듯 언젠가 먼 미래의 이 분기 우주 어딘가에서 또 비슷한 존재가 태어날지도 몰라."

같은 외우주의 사신이기에 느낄 수 있는 불안이었다.

"괜찮아······. 분명 괜찮을 거야. 그야 인간은······ 우리보다 훨씬 강하니까."

하지만 소녀들의 뒷모습을 바라보며 혼잣말로 마음을 정리한 남루스는 가볍게 웃고 다시 발걸음을 옮겼다.

─────.

"다들, 좋은 아침~."

"오, 어서 와! 얘들아!"

"후훗, 오늘도 좋은 아침이네요."

마리아와 헤어진 후 2학년 2반 교실로 들어가자 기블, 카슈, 웬디, 테레사, 세실, 린, 카이, 로드를 비롯해 변함없는 반 친구들의 모습이 눈에 들어왔다.

"안녕, 시스티! 여전히 아침부터 귀엽네!"

뿐만 아니라 크라이토스의 엘렌.

"오늘 하루도 잘 부탁해! 시스티나! 루미아! 리엘!"

"흐흥, 오늘이야말로 당신들을 이기겠어요!"

"그래, 마술전투에서 너희들한테 한판을 따내고야 말겠어!"

"아니, 그건 무리죠. 저분들은 저래 봬도 세계 최고 수준의 치트급 강자인데."

그리고 콜레트, 프랑신, 지니를 비롯한 성 릴리의 학생들도 있었다.

조금 전 등굣길에서 언급된 것처럼 현재 알자노 제국 마술학원에서는 유학생의 대규모 유치가 진행 중이었고, 그녀들은 그 계획의 첫 타자가 되는 셈이었다.

"하아~ 참 떠들썩하네. ……벌써 이 모양인데 전 세계에서 본격적으로 유학생을 받아들이기 시작하면 대체 어떻게 될까?"

"그러게. 듣자 하니 마술제전에서 싸웠던 사막 나라 하라사의 아디르 씨랑 엘시드 씨도 유학 신청서를 제출했다는 것 같고……"

"오~ 마술제전이라고 하면…… 들었어? 시스티나. 일륜국의 사쿠야 씨 소식"

"어? 혹시 무슨 일 있대?"

콜레트가 꺼낸 화제에 시스티나가 반응했다.

"그 사람이라면 분명……."

"응. 선천적인 심령 질환으로 오래 못 살 거라고 했는데 이번에 이 학교의 세실리아 선생님한테 심령 치료를 받으러 시구레 녀석이랑 같이 이쪽으로 올 거라나 봐."

"그리고 치료가 잘 되면 그대로 한동안 유학할 예정이라고 하더라구요."

"그, 그래?!"

"다행이다, 시스티. 세실리아 선생님이 봐주신다면 분명 잘 될 거야."

시스티나가 안도의 한숨을 내쉬자 루미아가 미소 지었다.

아무리 각오했다지만 줄곧 마음 한편에 걸렸던 일에 희망이 보이자 조금 마음이 놓였다.

아직 미래는 알 수 없지만, 분명 잘 풀리리라.

"그 밖에도 마술제전에 참가했던 동기들이 전 세계에서 우르르 몰려온다고 하니, 이거 당분간 지루할 틈이 없겠는걸."

"그러게 말이야. ……뭐, 분명 좋은 일이겠지만."

소란스러워질 미래밖에 보이지 않는 이 상황에 시스티나는 쓴웃음밖에 나오지 않았다.

"그건 그렇고 슬슬 시간이 됐네요."

"아, 선생님의 그거 말이지?"

"슬슬 이동해볼까."

웬디와 카슈의 말에 기블이 고개를 끄덕였다.

"그래. 다들 대강당으로 이동하자! 우리 선생님의 일생일대의 화려한 무대를 이 두 눈에 똑똑히 새겨보는 거야!"

시스티나가 그렇게 발안하자 반 친구들은 고개를 끄덕였다.

————.

한편, 같은 시각 아르포네아 저택의 안뜰에 있는 정자.

"……."

"……."

세리카와 르 실바가 테이블에 마주 앉은 채로 느긋하게 홍차를 즐기고 있었다.

"그건 그렇고…… 당신과 이렇게 평화로운 일상을 보내다니 꿈만 같아."

"맞아. 나도 이런 날이 올 줄 올랐어."

둘은 조용히 대화를 나누었다.

"그래도 좀 아쉽네. 당신 정도의 인간이 마술 능력을 상실하다니."

"그러게. 나름 피를 토해가며 연마한 건데 말이지. 역시 상실감이 좀 있긴 해."

세리카는 피식 웃음을 흘렸다.

"하지만 이젠 아무래도 상관없어. 난 내가 해야 할 일을 완수했고…… 그리고 뭐, 솔직히 그간 너무 빡세게 일했잖아? 슬슬 은퇴할 때가 되긴 했지."

"아하하, 맞아."

"뭐, 가끔은 지식 전수 목적으로 교편을 잡는 것 정도는 괜찮겠지만…… 사실 그것도 필요없겠지. 그 녀석이 있으니까."

"……."

"내 모든 건 그 녀석이 계승했어. 이제는 그 녀석이 다음 세대에게 알아서 잘 전해주겠지. 걱정할 건 아무것도 없어. 뒷일은 젊은이들에게 맡기면 돼. 나 같은 지난 시대의 구닥다리 늙은이는 그만 자리를 물려주고 젊은이들이 하는 일을 묵묵히 지켜보기만 해도 충분해."

"후훗, 그럴지도. 그럼 나도 앞으로는 당신이랑 같이 젊은 아이들의 앞날을 지켜봐도 될까?"

"그래, 물론이지. 나의 벗."

조용히 고개를 끄덕인 세리카는 다시 르 실바의 컵에 홍차를 따라주었다.

"자, 그럼 지금쯤이면 그 녀석은…… 마술학원 대강당에서 열변을 토하고 있으려나."

―――――.

"잠깐! 글렌 선생님은 대체 왜 안 오시는 거야!"

대강당 맨 앞줄에 앉은 시스티나의 목소리가 울려 퍼졌다.

"이게 대체 뭐냐구! 벌써 강의 시작 시간이 한참 지났는데!"

"지, 진정해. 시스티. 호, 혹시 무슨 일이 생기신 걸지도……."

"그래도 그렇지! 하필 이런 날에?! 이런 날에 또?!"

오늘부터 이 대강당에서 글렌의 특강이 있을 예정이다.

그가 《신을 참획한 자》로서 보냈던 투쟁의 나날과, 외우주의 사신들과 고대문명의 연관성, 그리고 「하늘」의 영역에 있는 마술에 관한 개론을 사흘에 걸쳐 강의하겠다는 소식이 전해지자 어마어마한 수의 참가 희망자가 몰려들었다. 그야말로 제국 전토에서.

교내에서도 학생과 강사와 교수진을 불문했고, 일부러 이 강의를 듣기 위해 유학 일정까지 맞춘 외국 학생들도 있을 정도다.

그래서 현재 강당에는 그런 사람들이 발 디딜 틈도 없이 모여든 상태였다.

그런데도.

"왜 정작 중요한 그 인간이 늦는 건데! 거기다 이 왠지 그리운 느낌은 또 뭔데! 뭐냐고! 이런 건 하나도 안 그립거든?!"

시스티나가 비명을 질렀지만, 상황을 파악하지 못해 웅성거리는 청강자들의 소음에 파묻혔다.

"이 인간이 진짜…… 내가 굳이 멀리서 여기까지 와줬건만."

시스티나의 뒷좌석에 앉은 이브가 몹시 화가 난 표정으로 어깨를 떨었고.

"이 바보 마스터……."

남루스도 차마 변호할 수가 없었는지 씁쓸한 표정을 지었다.

"저기, 루미아. 그, 글렌 선생님이라는 분은 아직……?"

"그게, 아하하…… 가끔 이런 장난을 치실 때도 있는 분이라서요."

당혹스러움을 감추지 못하는 레닐리아에게 옆자리에 앉은 루미아가 모호하게 변명했다.

"역시 글렌 선생! 우리는 차마 못 하는 일을 태연하게 저질러! 이게 바로 불가능을 가능하게 만드는 삶의 방식! 이 몸도 「접수」했다!"

"아니, 솔직히 이건 좀 아니지."

"큭, 역시 그 놈은 이 학교의 강사로 어울리지 않아……!"

"아, 아하하…… 선생님들. 진정하세요."

오웰, 체스트 남작, 할리, 세실리아도 어이가 없는 표정이었고.

"저기, 그러고 보니 학원장님. 포젤 선생님은요? 마술학원의 선생님들은 전원 참가하는 방침이 아니었나요?"

"아, 고대문명에 관한 내용이 나올 것 같으면 불러달라더군."

"……여전하시네요."

"후우~ 이놈이고 저놈이고…… 그냥 슬슬 전부 확 모가지를 쳐버릴까."

릭 학원장은 머리를 감싸 쥐고 한탄했다.

"그건 그렇고 특별 사면을 받은 휴이 군이 이번에 교직으로 복귀하게 되었네만."

"예? 휴이 선생님이요?!"

"음. 아무래도 한 명이 추가됐으니 한 명이 빠져야 마땅하겠지? 이왕 이렇게 된 김에……"

릭이 섬뜩한 미소를 흘리자, 세실리아는 쓴웃음을 지을 수밖에 없었다.

그리고 슬슬 대강당에 모인 사람들이 아무리 기다려도 오지 않는 글렌을 성토하려는 순간.

드르륵!

"아하하하하하하, 이야~ 미안해! 벤치에서 깜빡 조는 바람에 늦었……."

"늦었어!"

글렌이 얼굴을 보이자마자 시스티나가 날린 빛의 바람이 그를 가차 없이 대강당 벽면에 처박았다.

"너, 너 인마! 왜 갑자기 주문 영창도 없이 천위 마술을, 그것도 완벽하게 제어해서 주변에 피해를 주지 않고 나만 날려버리는, 쓸데없이 셉텐데를 넘어선 기교를 보여주는 건데! 이런 걸 먼저 보여주면 내 체면이 말이 아니잖아!"

"시끄러워요! 그게 이런 중요한 무대에 지각한 인간이 할 소리예요?!"

"차라리 그냥 네가 강의해! 나 같은 삼류 잔챙이가 하는 것보다 훨씬 낫겠다!"

"진짜 말도 안 되는 소리 좀 하지 마실래요?!"

"뭐랄까, 저런 대화도 왠지 오랜만이라 반가운걸."

"그러게요. 우리 학교는 역시 이래야죠."

"흥. 아무래도 좋으니 어서 강의를 시작했으면 좋겠다만."

카슈, 웬디, 기블을 비롯한 2학년 2반 학생들도 반쯤 어이가 없는 표정으로 쓴웃음을 지었다.

"그만 일어나, 리엘. 선생님 오셨어."

"……음?"

엎드려서 자고 있던 리엘을 루미아가 흔들어 깨우고 다른 사람들도 강의를 들을 준비를 하는 사이에 마침내 글렌이 교단에 섰다.

그리고 사람으로 가득한 대강당을 둘러보더니 머리를 긁적였다.

"거참, 제안이 와서 가벼운 마음으로 수락한 건데…… 사람이 왜 이리 많은 거지?"

"그야 뭐, 인간의 몸으로 신이 된 사람의 이야기라면 한번쯤 들어보고 싶기 마련이잖아요? 마술사라면."

"이해할 수가 없구만. ……다들 시간이 남아도시나. 뭐, 아무렴 어때."

글렌은 다시 머리를 긁으며 투덜거렸다.

"자, 그럼 오늘부터 사흘에 걸쳐 강의를 하게 됐는데. 음~ 뭐부터 이야기할까. 아니, 이야기할 내용 자체는 다들 알고 있겠지만…… 어떤 거부터 꺼내야 좋을지 모르겠네."

"잠깐, 잠깐만요. 선생님. 똑바로 좀 하시라구요."

"시꺼, 나도 안다고."

제자의 잔소리에 머리를 긁적인 글렌은 잠시 고민하다 선언했다.

"좋아, 그럼 아직 첫날 첫 번째 강의니까 너무 어려운 마술 이론이나 고대문명 이야기 같은 전문적인 내용보다 가이던스…… 마술사의 근본 개념에 관한 것부터 이야기해볼까. 일단 초심으로 돌아가자는 의미도 포함해서."

그러자 대강당의 분위기가 돌변했다.

단 한 마디도 놓치지 않겠다는 듯 모두가 집중했다.

그런 긴장된 분위기 속에서도 글렌은 전혀 위축되지 않은 자연스러운 태도로 씨익 웃으며 입을 열었다.

"그래, 정했어."

"오늘 첫 강의 내용은— 「꿈을 향해 포기하지 않고 나아가는 의의에 대해」. 그리고— 「우리 마술사가 나아가야 할 미래에 대해」."

"관심 없으면 자도 상관없다."

FIN

■작가 후기

　안녕하세요, 히츠지 타로입니다. 이번에는 『변변찮은 마술 강사와 금기교전』 24권, 본편 최종권이 발매되었습니다.

　편집자님 및 출판 관계자 여러분, 그리고 이 시리즈를 지지하고 응원해주시는 독자 여러분께 무한한 감사를.

　드디어, 마침내 완결이네요! 글렌 군과 유쾌한 동료들의 모험담! 진짜, 정말 여기까지 따라와 주신 독자 여러분! 정말 감사합니다!

　이야~ 이제 와서 돌이켜보니 뭐랄까…… 장대한 스케일의 이야기였네요. 대체 왜 이렇게 된 걸까요? 곰곰이 생각해보니 아무래도 변마금 1권을 쓸 당시의 제 담당 편집자님의 아무렇지 않은 한마디가 계기였던 것 같습니다.

　―작품의 차후 전개에 깊이를 더하기 위해 천공성 같은 소재를 추가하는 게 어떨까요.

　이 말을 계기로 당시에는 설정이고 뭐고 없었던 『멜갈리우스의 천공성』을 주인공들이 사는 도시의 하늘 위에 억지로 끼워 넣었었죠.

그리고 「어감이 멋있어서」라는 꽤 적당한 이유로 『금기교전』^{아카식 레코드}
이라는 작품과 조금도 관계없는 중2병 단어가 제목에 억지로
추가됐을 때, 제가 이걸 어떻게든 회수하려고 이런저런 설정
을 추가하다 보니 이런 장기 시리즈가 되어버린 셈이죠.

그러고 보니 엄청 고생했구나, 나.

사실 초반부터 중반에 이르기까지 절조 없이 수많은 복선
을 깔아둔 탓에 한때는 「아니, 이거 제대로 정리해서 끝내는
게 진짜 가능하긴 할까?」라며 고민했을 때도 있었습니다만,
뭐 간신히 복선을 전부 깔끔하게 회수해서 장편 시리즈로서
는 무사히 최고의 마무리를 지었다고 생각합니다. 자화자
찬! 자화자찬!

돌이켜 보면 주인공 글렌을 시작으로 누구 한 사람이라도,
설령 그게 적이라 해도 빠졌으면 완결을 내는 게 불가능했던
작품…… 등장인물 전원이 주인공이었던 이야기였습니다.

제 모든 힘을 쏟아부어서 「이게 바로 내 대표작」이라고 당
당히 말할 수 있는 작품이 되었습니다. 이런 작품을 세상에
내놓을 수 있었으니 전 행복한 사람입니다.

그럼 다시 한번 여기까지 글렌 일행의 이야기를 따라와 주
신 독자 여러분, 편집부와 일러스트 작가님을 포함한 관계자
여러분, 이 작품이 태어나 마지막까지 달려올 수 있었던 건
전부 여러분 덕분입니다. 정말 진심으로 감사했습니다!

그러나 『변변찮은 마술강사와 금기교전』은 이것으로 완결

입니다만, 히츠지 타로의 작가 인생은 아직 끝이 아닙니다. 추상일지는 아직 계속되고 있고, 앞으로도 여러분이 조금이라도 재밌다고 느끼실 수 있는 작품을 팍팍 써 내려가겠습니다! 예. 「포기하지 않고 계속 나아가면 되는 거니까」요!

그리 맹세한 김에 변마금 본편 완결과 동시에 신작을 냈습니다!

이름하여 『이것이 마법사의 비기(가제)』. 이 시리즈와는 다른 판타지 세계의 마법학교를 무대로 마술사가 되기 위해 분투하는 한 소년의 이야기.

사랑과 모험에 분주한 젊은이들이 울고 웃는 뜨거운 청춘을 묘사한 작품으로, 같은 마법학원물이긴 해도 변마금과는 전혀 다른 느낌으로 완성된 제 자신작입니다!

혹시 괜찮으시다면 한 번 꼭 읽어주세요! 아무쪼록 잘 부탁드리겠습니다!

그리고 Twitter에서 생존 보고 등을 하고 있으니 쪽지나 댓글로 작품에 대한 감상이나 응원을 남겨주신다면 정말 기쁠 것 같습니다. 주로 제가 우쭐대며 의욕 MAX가 되겠죠. 유저명은 『@Taro_hituji』입니다.

그럼! 또 언제 어디서 다시 뵐 수 있기를!

히츠지 타로

■역자 후기

안녕하세요, 역자 최승원입니다.

『변변찮은 마술강사와 금기교전』 시리즈의 대단원, 재미있게 읽어주셨을까요?

돌이켜보면 정말 길고 긴 시간이었습니다. 어찌 보면 제 젊은 시절도 함께했던 이야기. 글렌 일행과 같이 울고 웃으며 보냈던 시간을 이렇게 제 손으로 마무리 지을 수 있어서 정말 감개무량하네요.

처음 이 작품을 접했을 때 제가 느낀 감상은 왠지 모를 「그리움」이었습니다. 신인 작가의 첫 작품인데 참 신기한 일이죠? 그러다 일단 작업을 진행하면서 나중에 읽으려고 미뤄둔 작가님의 후기를 읽고 그제야 그 「그리움」의 정체를 알게 되었습니다.

이 라이트노벨 업계의 어지간한 명작은 다 섭렵한 분이라면 아마 일찍 눈치채셨을지도 모르겠지만, 사실 이 시리즈는 같은 후지미 판타지아 문고의 옛 명작들의 영향을 짙게 받은 작품입니다. 어찌 보면 같은 레이블의 노하우와 역사를 집대성한 작품이라 할까요. 아무래도 그 작품들이 전성기를 누리던 때에 비하면 지나간 세월이 세월인 만큼 같은 회사를 거쳐 간 선배 작품들에 대한 리스펙과 동시에 추억을 되새기는 메시지가 강하게 느껴지는 작품이기도 했습니다. 덕분에 어느새 먼지가 쌓인 책장을 열고 오랜만에 옛 명작들을 다시 접하는 기회를 갖기도 했습니다만, 역시 명작은 세월을 가리지 않네요. 혹시 관심이 가신다면 이 기회에 한번 어떤 작품들인지 알아보고 접해보시는 것도 자신 있게 추천합니다. 정말 재밌거든요. 그리고 다 읽으셨다면 다시 이 시리즈로 돌아와서 오마주된 요소들을 찾아보는 것도 이 작품을 즐기는 방법 중 하나가 아닐까 싶습니다. 물론 그 밖의 매체에서 영향을 받은 작품들도 있습니다만, 그쪽은 아무래도 일개 작품의 영역을 넘어 이제는 하나의 장르가 된 느낌이라……(웃음).

거기다 때마침 첫 권 후기에서도 언급됐던 「완전 금속 소동」은 현재 일본 쪽에서 차기작이 나오고 있습니다. 개인적으로 어느덧 저와 비슷한 연배가 되어버린 등장인물들의 모습과 내면 묘사에 강하게 몰입해서 정말 여러모로 즐겁게 읽을 수 있는 작품이었죠. 조만간 나올 2권에 예약을 걸어두고 지금도 오매불망 발매일만 기다리고 있습니다. 마침 같은 레이블이기도 하니 혹여나 이 시리즈도 먼 훗날 같은 형태로 접할 수 있기를 살짝 기대해봅니다.

아무튼 이렇듯 본편은 막을 내렸지만, 외전인 추상일지 쪽은 후일담을 포함해 계속 나오고 있으니 아직 불완전 연소된 감이 있는 분들은 아무쪼록 걱정하지 마시길! 글렌의 정실대전은 계속됩니다!

그럼 여기까지 함께해주신 독자 여러분과 함께 저 역시 한 사람의 독자로서 즐거운 시간을 보낼 수 있었음에 감사하며 이만 후기를 마치겠습니다.

변변찮은 마술강사와 금기교전 24

초판 1쇄 발행 2024년 12월 10일

지은이_ Taro Hitsuji
일러스트_ Kurone Mishima
옮긴이_ 최승원

발행인_ 최원영
본부장_ 장혜경
편집장_ 김승신
편집진행_ 권세라 · 최혁수 · 김경민 · 최정민
편집디자인_ 양우연
국제업무_ 박진해 · 조은지 · 남궁명일
관리 · 영업_ 김민원 · 조은걸

펴낸곳_ (주)디앤씨미디어
등록_ 2002년 4월 25일 제20-260호
주소_ 서울시 구로구 디지털로 32길 30, 코오롱디지털타워빌란트 1301-1308호
전화_ 02-333-2513(대표)
팩시밀리_ 02-333-2514
이메일_ lnovellove@naver.com
ㄴ노벨 공식 카페_ http://cafe.naver.com/lnovel11

ROKUDENASHI MAJUTSU KOSHI TO AKASHIC RECORDS Vol.24
ⓒTaro Hitsuji, Kurone Mishima 2023
First published in Japan in 2023 by KADOKAWA CORPORATION, Tokyo.
Korean translation rights arranged with KADOKAWA CORPORATION, Tokyo.

ISBN 979-11-278-7998-3 04830
ISBN 979-11-86906-46-0 (세트)

값 8,500원

변변찮은 마술강사와 금기교전 1~23권

히츠지 타로 지음 | 미시마 쿠로네 일러스트 | 최승원 옮김

알자노 제국 마술 학원의 계약직 강사인 글렌 레이더스는 수업 중
자습 → 취침 상습범.
그러다 웬일로 교단에 서나 싶으면 칠판에 교과서를 못으로 고정해놓는 등,
그야말로 학생들도 기가 막혀 하는 변변찮은 강사다.
결국 그런 글렌에게 진심으로 화가 난 학생,
「교사 킬러」로 악명이 자자한 시스티나 피벨이 결투를 신청하지만—
이 해프닝은 글렌이 허무하게 패배하는 안타까운 결말로 막을 내린다.
하지만 학원에 닥친 미증유의 테러 사건에 학생들이 휘말리자,
"내 학생에게 손대지 마!"
비로소 글렌의 본성이 발휘된다!

TV애니메이션 방영 화제작!!

라이트노벨의 새로운 빛! L노벨의 신간은 매월 10일에 발매됩니다. http://cafe.naver.com/lnovel11

데스마치에서 시작되는 이세계 광상곡 1~29권, EX

아이나나 히로 지음 | shri, 나가하마 메구미 일러스트 | 박경용 옮김

한창 데스마치를 치르던 프로그래머 스즈키 이치로(29).
『사토』란 닉네임을 쓰는 그가 잠시 잠들었다 깨어나 보니
듣도 보도 못한 이세계에 방치되어 있었다!
혼란에 빠질 틈도 없이 눈앞에는 처음 보는 괴물의 대군이 다가오고,
하늘에서는 유성우가 쏟아진다.
정신을 차리고 보니, 최강 레벨의 힘과 막대한 부를 손에 넣었는데……?!
이렇게 사토의 「유유자적, 가끔 시리어스, 그리고 하렘」인
이세계 모험담이 시작된다!!

**최강 레벨과 막대한 재보를 가지고
시작되는 유유자적 이세계 관광!!**

© Dachima Inaka, Iida Pochi, 2019
KADOKAWA CORPORATION

일반공격이 전체공격에 2회 공격인 엄마는 좋아하세요? 1~9권

이나카 다치마 지음 | 이이다 포치. 일러스트 | 이승원 옮김

"이제부터 이 엄마와 함께 실컷 모험을 하는 거야.", "맙소사……."
고교생 오오스키 마사토는 그렇게 염원하던 게임세계로 전송되지만,
어찌된 영문인지 그의 어머니이자
아들이라면 껌뻑 죽는 마마코도 따라오는데?!
길드에서는 「아들의 연인이 될지도 모르는 애들이니까」라는 이유로 마사
토가 고른 동료들에게 면접을 실시하고,
어두운 동굴에서는 반짝반짝 빛나는데다,
무릎베개로 몬스터를 재우는 걸로 모자라,
전체공격에 2회 공격인 성검으로 무쌍을 찍는 등
아들인 마사토가 질릴 정도로 대활약을 하는데?!
현자인데도 유감스런 미소녀 와이즈,
치유계 여행 상인인 포타를 동료로 맞이한 그들이 구하려는 것은
위기에 처한 세계가 아니라 부모자식간의 정.

제29회 판타지아 대상 〈대상〉 수상작인
신감각 모친 동반 모험 코미디!

라이트노벨의 새로운 빛! l노벨의 신간은 매월 10일에 발매됩니다. http://cafe.naver.com/lnovel11

©Takumi Minami, Koin 2017 / KADOKAWA CORPORATION

덜떨어진 마수연마사 1~7권

미나미 타쿠미 지음 | 코인 일러스트 | 이경인 옮김

자신이 받은 몬스터의 문장에 따라 우열이 정해지는 세계.
몬스터를 거느리며 싸우는 『마수연마사』를 육성하는 학원.
『베기움』에 다니는 레인은 학원 유일의 슬라임 트레이너.
주변의 조소도 아랑곳하지 않고, 파트너인 펨펨을 믿으며
누구보다도 노력을 거듭하고 있었다.
그런 레인에게 집요하게 달라붙는
학년 3위의 미소녀 드래곤 트레이너 에르니아.
문장과 미모를 겸비한 완벽한 그녀가
밑바닥에 있는 레인에게 집착하는 이유는
과거의 인연이 원인인 모양인데……?!
"그 분통함은 잊을 수가 없다!
억에 하나라도 네놈이 나를 이긴다면 기꺼이 연인이든 뭐든 되어주지!!"

최약이건 최강이건 상관없다!
승리를 향한 집념이 정해진 운명에 역전극을 불러온다!

라이트노벨의 새로운 빛! 노벨의 신간은 매월 10일에 발매됩니다. http://cafe.naver.com/lnovel11

©Kei Sazane 2023
Illustration : Toiro Tomose
KADOKAWA CORPORATION

신은 유희에 굶주려있다. 1~7권

사자네 케이 지음 | 토모세 토이로 일러스트 | 김덕진 옮김

한가한 지고의 신들이 만든 궁극의 두뇌 게임 「신들의 놀이」.
오랜 잠에서 깨어난 신이었던 소녀 레셰는 눈을 뜨자마자 이렇게 선언했다.
"이 시대에서 게임을 제일 잘하는 인간을 데려와!"
지명된 사람은 「이 시대 최고의 루키」로 주목받는 소년 페이.
두 사람이 도전하는 「신들의 놀이」는 난이도가 너무 높아 완전 공략한 사람은 제로.
그 이유는, 신들은 변덕쟁이에 불합리하고, 가끔은 이해할 수 없으니까.
그러나 그런 게임이기에 진심으로 즐기지 않으면 아깝다!
여기에 천재 소년과 신이었던 소녀, 그리고 동료들이 펼치는
지고한 신들과의 궁극 두뇌전이 펼쳐진다!

신과 인류의 두뇌전, 드디어 개막!

라이트노벨의 새로운 빛! 노벨의 신간은 매월 10일에 발매됩니다. http://cafe.naver.com/lnovel11

왕의 프러포즈 1~4권

타치바나 코우시 지음 | 츠나코 일러스트 | 이승원 옮김

쿠오자키 사이카.
300시간에 한 번 멸망의 위기를 맞이하는 세계를
항상 구해온 최강의 마녀이자,
마술사가 다니는 학원의 수장.
"—너에게, 내 세계를 맡기겠어—."
그리고—
쿠가 무시키에게 신체와 힘을 물려주고, 죽음을 맞이한 첫사랑 소녀.
무시키는 사이카의 종자인 카라스마 쿠로에로부터
사이카로서 누구에게도 들키지 말고 학원에 다니란 지시를 받지만…….
클래스메이트와 교사에게도 두려움을 사고,
재회한 여동생에게서는 오빠를 좋아한다는 상의를 받는
파란만장한 생활이 기다리고 있었다!
게다가 긴장을 풀면 남성으로 돌아가기 때문에,
여성과의 키스가 필수 불가결한데?!

신세대 최강의 첫사랑!